AF236383

Gisa Seeliger

Geschichten in Kürze

mit lyrischer Würze

Gisa Seeliger

Geschichten in Kürze

mit lyrischer Würze

Ein Cocktail aus Kurzgeschichten

mit einem Spritzer Lyrik

Bibliografische Information der Deutschen Nationalbibliothek:
Die Deutsche Nationalbibliothek verzeichnet diese Publikation in der Deutschen Nationalbibliografie; detaillierte bibliografische Daten sind im Internet über http://dnb.dnb.de abrufbar.

Herstellung und Verlag: BoD – Books on Demand, Norderstedt

ISBN: 978-3-7557-1129-2

Inhalt

Worte	7
Sonntagsfrühstück	9
Kindheit	15
Spuren	17
Die Erzieherin	21
In der Höhle	25
Schachmatt	29
Zerrissen	33
Die Waage	35
Die Suppe	41
Auf der Klippe	45
Der Hundebesitzer	47
Kopfkino-Einkaufszettel	53
Dreiergespann	55
Im Wald	59
Zeit	65
Pilzexkursion	67
Der Kämmerer	73
Der neue Kämmerer	79
Gerüchte	83
Die Einladung	85
Paula und Chris	91
Lebensfäden	95
Gewichtsprobleme	97
Sorgenvolles Gemüse	113
Verhext	117
Am See	119
Der Schlapphut	125
Einsicht	129
Ruf nach dir	137
Abschied	139
Meine Samtpfoten	149

Worte

Worte sind mehr als nur ein Wort.

Auch ein Vorwort ist ein Wort,
auf das ich hier verzicht',
und schreibe ein Gedicht:

Worte zeigen, Worte bleiben.

Worte haben Macht
mal wie Dolche
mal nur Strolche.

Worte schmeicheln
Worte heucheln.
Sie betören und zerstören.

Worte lieben und umarmen
Worte hassen und umgarnen.

Worte lachen, weinen, singen
Worte klingen.

Sonntagsfrühstück

Ich bin bockig, aufmüpfig, nicht lieb und nicht brav, verzogen und egoistisch. Ich bin all das, was ein verwöhntes Einzelkind ausmacht. Ich hatte die besten Eltern und eine glückliche Kindheit, aber ich bin ein Bastard.

An einem Sonntagmorgen 1971 - es muss in der zweiten Jahreshälfte gewesen sein, denn ich war 16 und hatte meine Ausbildung am 01.August begonnen - sah ich Unheil auf mich zukommen.

Die Sonntagmorgende fand ich immer sehr schön. Wir saßen gemeinsam am üppig gedeckten Tisch in der Küche, frühstückten gemütlich und besprachen, was der Tag uns Schönes bescheren könnte. Mein Pudel nahm auch Teil und fieberte dem Leberwurstbrot entgegen, welches ich schmierte und in kleine Häppchen schnitt. Es war ja Sonntag!

An diesem Sonntagmorgen war alles anders. Nur der Frühstückstisch war gedeckt wie immer – jedoch ergänzt um zwei gefüllte Cognacschwenker und einer Flasche Springer Urvater. Ich starrte meinen Vater entsetzt an, als er sich den Cognac noch vor dem Frühstück wegkippte. Als meine Mutter – sie hätte die Leiche in einem Krimi spielen können, so kreidebleich war sie – es ihm gleich tat, wusste ich, dass hier etwas ganz gewaltig die Nase bist zum Mond beleidigt. Meine Mutter trank keinen Cognac! Nie! Mich überfiel Panik. Ich verlangte auch einen Cognac und bekam ihn. Ich bekam fast immer, was ich wollte. Ich schüttelte mich. Dann wurde ich aus der Küche geschickt. Mein Vater sagte, es gäbe etwas zu besprechen, aber erst mit Thomas. Thomas war mein erster richtiger Freund und hatte bei uns übernachtet. Trotz des Cognacs auf nüchternem Magen war ich hypernervös. Mein Herz hämmerte, mein Bauch rumorte, mein Mund war trocken wie eine Wüste und meine Hände eiskalt und gleichzeitig nass vor Schweiß.

Ich versuchte zu lauschen, hörte außer Gemurmel aber nichts. Es dauerte nur kurz, bis ich endlich dazu gebeten wurde. Ich sollte mich setzen. Meine Mutter hatte verweinte Augen, deren Röte sich unheimlich von ihrer Leichenblässe abhob. Jetzt erinnerte sie mich an einen Zombie. Erneut ergriff mich die Angst. War sie krank? Womöglich sterbenskrank?

«Vor vielen Jahren haben wir erfahren, dass Mutti keine Kinder bekommen kann», begann mein Vater umständlich. Ich schaute beide verständnislos an.

«Na und», erwiderte ich. «Hat doch geklappt, ich bin doch da.» Doch kaum ausgesprochen, schwante mir etwas.

«Wir müssen dir sagen, dass du nicht unser leibliches Kind bist. Wir haben dich adoptiert», ließ mein Vater die Bombe platzen. Meine Mutter weinte jetzt haltlos, ergriff meine Hand und fragte: «Sind wir trotzdem noch deine Eltern?»

Es war nicht die Botschaft, die mich fassungslos machte. Es war die Frage meiner Mutter. Es war die Angst meiner Eltern, es mir zu sagen. Es war die Furcht vor meiner Reaktion. Ich musste sie erlösen – auf der Stelle - und nahm beide in meine Arme.

«Ihr werdet immer meine Eltern sein», sagte ich. «Aber ich möchte alles wissen – alles!»

Alles haben wir an diesem Sonntag nicht besprechen können. Viele Geschichten folgten nach und nach, die mir meine Eltern erlöst und auch mit Humor erzählten. Solche, wie zum Beispiel mein Vater in der Eile der Mittagspause ein Gefäß mit seinem Sperma füllte und mit der kostbaren Fracht auf dem Fahrrad zum Arzt eilte.

Zuerst hatte ich natürlich Fragen zu meinen leiblichen Eltern. Die Frau, die mich gebar, war verwitwet und wurde nach dem Tod ihres Mannes schwanger. 1954 ein absolutes moralisches und sittliches Tabu! Noch bevor sich die Schwangerschaft äußerlich sichtbar wurde, zog sie unter einem Vorwand 100 km von ihrer Heimatstadt weg an meinen Geburtsort. Vermittelt wurde ich durch eine Hebamme, die auf Wunsch meiner leiblichen Mutter noch lange Kontakt mit ihr hielt, um sich nach mir zu erkundigen.

Anfangs war es wohl nicht leicht für meine Eltern, besonders nicht für meine Mutter. Sie erzählte, dass ich als Säugling sehr viel geschrien habe und hat es so interpretiert, dass sie eine Fremde war. Mehrfach gingen ihr die Nerven durch und sie wollte mich wieder zurückgeben. Aber wohin?

Meine Eltern waren nicht begeistert, dass ich die Adoptionsakte sehen wollte. Zuviel Bürokratie. Aber ich bestand darauf. Diese Akte war all die Jahre im Kleiderschrank meiner Eltern versteckt gewesen und nun wurde mir auch klar, wieso meine Mutter hysterisch schimpfte, wenn ich mich mal mit ihrem Zeug verkleiden wollte.

Es war der richtige Zeitpunkt für die Wahrheit – nicht nur, weil ich mit 16 die nötige Reife dafür hatte. Kurze Zeit später hätte ich sie auf andere Weise erfahren. In meiner Ausbildung kam ich in ein Büro, in welchem die Zweitschriften der Standesamtbücher aufbewahrt wurden. Natürlich hätte ich mir neugierig den Jahrgang 1955 gegriffen und gesehen, dass ich zum Zeitpunkt meiner Geburt einen ganz anderen Nachnamen trug, dass meine Eltern anders hießen und woanders herkamen. Es wäre mir sicher wie ein Irrtum vorgekommen, wenn die Geburtsurkunde nicht mit dem Adoptionsvermerk versehen gewesen wäre.

Einen Tag zuvor war ein Junge im selben Krankenhaus zur Welt gekommen, der auch zur Adoption frei gegeben war. Meine Eltern wollten aber noch die nächste Entbindung abwarten, hofften sie doch auf ein Mädchen. Das war dann auch am nächsten Tag da – nämlich ich. Bis heute stelle ich mir die Frage, wie wohl mein Leben in einer anderen Familie verlaufen wäre. Ich bin sehr froh, dass meine Eltern sich in Geduld übten.

Ich habe nie das Bedürfnis gehabt, Nachforschungen anzustellen. Zum einen, weil meine leibliche Mutter vor ihrer Familie (sie hatte noch mehr Kinder aus ihrer Ehe) meine Existenz geheim halten wollte. Das hatte ich zu akzeptieren. Sie wusste, wo und bei wem ich lebte. Hätte sie es sich irgendwann anders überlegt, hätte ich mich nicht gesperrt.

Meine Eltern aber waren die, welche mich groß zogen und über alles liebten.

Kindheit

Ein Salmi-Lolli in der Woche - Freude

Rote Soße aus der Fischdose löffeln -
das Zeug bekleckern

Wurzeln aus dem Boden ziehen,
an der Hose abputzen, mit Erde essen -
knackig knirschend

Schoten von den Erbsen knuspern - so süß

Maiskörner vom Hühnerfutter kosten - Neugier

Sauerampfer beim Spaziergang mit Vati naschen -
Freiheit

rote Brause in der Dorfkneipe - groß

Brausepulver auf der Zunge – prickelnd

Spuren

«Wir fahren heute nicht nach Schleswig», sagte Isabell zu Rüdiger.

«Wieso das denn nicht?», fragte ihr Mann.

«Das Wetter ist so schön. Ich möchte lieber an den Strand.»

Sie würde Rüdiger nicht von ihrem Traum erzählen, in dem sie auf dem Weg nach Schleswig schwer verunglückt waren. Er würde sie nur wieder auslachen.

Das Wetter war wirklich traumhaft an diesem Frühsommertag im Juni. Strahlend blauer Himmel und kein Luftzug regte sich. So war Rüdiger einverstanden.

Beide wanderten barfuß durch den weichen und von der Sonne erwärmten Sand. Das Meer lag lautlos und glatt wie ein Spiegel neben ihnen.

Isabell verfolgte mit ihrem Blick die Spuren zweier nackter Kinderfüße. Sie wunderte sich, keine Spuren von Erwachsenen zu sehen. Ihr fiel auf, wie deutlich die Abdrücke waren. Jede einzelne Zehe war zu erkennen. Sie schaute zurück auf ihre Spuren, die mit dem feinen Sand verschmolzen. Das kommt sicher vom Gewicht, dachte Isabell. Plötzlich blieb sie wie festgenagelt stehen.

«Was hast du?», fragte Rüdiger.

«Die Spuren – sie sind weg! Sie hören plötzlich auf. Einfach so.» Isabell war verwirrt.

Rüdiger schaute seine Frau skeptisch an. «Das Kind wird vielleicht umgedreht sein. Oder der Wind hat die Spuren verweht.»

«Es ist kein Wind und es gibt keine Spuren in eine andere Richtung.», erwiderte Isabell gereizt.

«Vielleicht ist es ja weg geflogen», ärgerte Rüdiger seine Frau. «Nun komm, lass uns weiter gehen.»

Schweigend liefen sie nebeneinander her. Auf dem Rückweg konnte Isabell es kaum erwarten, die Spuren wieder zu erreichen. Bestimmt hatte sie sich getäuscht und es gab doch Spuren zurück. Rüdiger musste wirklich denken, sie sei nicht mehr ganz richtig.

Isabell traute ihren Augen kaum, als sie die Stelle erreichten. Es gab Spuren zurück – aber nur zurück, keine mehr in die andere Richtung. Und immer noch kein Wind, der etwas verweht haben könnte. Zu Rüdiger sagte sie jetzt lieber nichts mehr. Sie zweifelte schon selbst an ihrem Verstand.

Gespannt verfolgte Isabell die Kinderspuren, deren Abdrücke genauso klar und gestochen waren wie auf dem Hinweg. Sie führten zu einem großen Stein, auf dem ein kleines Mädchen saß – höchstens vier oder fünf Jahre alt. Sie war hübsch, aber passte nicht dorthin. Ein Teil ihrer langen blonden Haare war zu einer Tolle hoch gesteckt und mit einer übergroßen weißen Schleife verziert. Sie trug ein weißes Kleid mit Spitzen und mit einem Reif im unteren Saum. Merkwürdig, dachte Isabell, als wolle die Kleine zum Fasching oder zum Mittelalterfest.

Isabell näherte sich dem Mädchen. Rüdiger verließ den Strand und ging zum Auto.

«Was machst du denn hier so ganz alleine?», wollte Isabell wissen.

Das Mädchen antwortete: «Ich habe auf dich gewartet, Isabell.»

Isabell starrte das Kind an. «Du kennst meinen Namen? Und wieso auf mich gewartet?»

Die Kleine ging nicht darauf ein und sagte: «Ich muss jetzt gehen.»

«Ich begleite dich.», sagte Isabell. Ihr war mulmig zumute.

«Nein, ich gehe alleine», bestimmte das Mädchen und ging ihres Weges.

Isabell war verwirrt. Was war das? Schon wieder ein Traum? Sie setzte sich auf den Stein, auf dem zuvor das Mädchen saß und versuchte ihre Gedanken zu sortieren. Sie schaute sich um, sah die Kleine aber nicht mehr. Nur diese deutlichen Spuren waren da. Isabell ging ihnen nach. Die Spuren hörten plötzlich auf.

Im Auto sagte Rüdiger leicht zynisch: «Na siehste, war doch alles normal mit den Spuren. Du siehst immerzu Gespenster.»

«Ja, alles normal», antwortete Isabell. Es würde nichts bringen, Rüdiger von ihrem Erlebnis zu erzählen.

Am Abend schauten sie zu Hause die Regionalnachrichten im Fernsehen. Es wurde von einem schweren Unfall am Morgen auf der Strecke nach Schleswig berichtet.

Die Erzieherin

Mit einer Stimme, die so schleppend klingt, als würde sie durch Schlamm gezogen, jammert Laura: «Ich kann das E nicht schreiben. Ich sehe das nicht ganz.»

Anna setzt sich zu der kleinen Laura. Laura ist acht Jahre alt, hat das Down-Syndrom und möchte gerne schreiben lernen. Sie nimmt die Buchstaben nicht vollständig war und sieht nur Teile davon - jedenfalls auf den ersten Blick. Anna übt mit ihr das E. Laura registriert davon nur zwei Striche statt der enthaltenen vier. Deswegen schneidet Anna aus Kartonpapier einen längeren Strich und drei kürzere aus. Sie zeigt Laura, die Striche richtig zu legen, so dass sie ein E ergeben. Anna weiß, dass es nur eine Sache der Übung und des täglichen Trainings ist, bis Laura selbständig das E in seiner Vollkommenheit wahrnimmt und schreiben kann.

Während Laura übt, kümmert sich Anna um die anderen Kinder und Jugendlichen. Sie haben alle Behinderungen und einige auch das Down-Syndrom. Aber alle wollen etwas lernen und sie lernen gerne von Anna. Anna zeigt ihnen nähen, stricken, häkeln, zimmern, zeichnen, musizieren, lesen, schreiben und überhaupt alles, was die

Kinder möchten. Anna ist ein echtes Multitalent und alle mögen sie nicht nur deswegen, sondern weil sie auch sehr lieb und geduldig ist.

Nachdem alle mit ihren Tätigkeiten und Interessen versorgt sind, geht Anna zurück zu Laura, die fleißig ihr E legt.

«Das machst du ganz toll.», lobt Anna. «Wollen wir jetzt mal versuchen, ein E zu schreiben?»

Laura ist begeistert, nimmt sich Papier und Stift, schaut sich ihr Papp-E noch einmal an und schreibt sauber und immer wieder E's.

Anna nimmt sie in den Arm: «Siehst du. Du kannst es doch. Ist das nicht schön?»

Laura schlingt ihre Arme ebenfalls um Anna. «Ja, ich freu mich so. Bestimmt kann ich bald alle Buchstaben.»

Dann legt sie ihre Hand auf Annas Bauch. «Freust du dich auf dein Baby?»

«Aber ja, ich freue mich sehr und mein Freund auch.»

Laura schaut nachdenklich. «Wird das Baby auch gesund sein? Oder so wie ich?»

Anna drückt Laura an sich. «Das Baby ist gesund. Und wenn es so wäre wie du, wäre es auch ein wunderbares Geschenk. Denn du bist ein ganz besonderes Mädchen.»

«Du bist auch hübsch.», stellt Laura fest. «Aber wenn das Baby da ist, bist du gar nicht mehr hier.»

«Oh doch, kleine Laura. Ich werde bei euch bleiben und nehme das Baby mit hierher.»

«Das ist toll. Darf ich das Baby dann auch mal halten?»

«Natürlich darfst du das.»

Anna geht wieder zu den anderen um zu schauen, ob jemand ihre Hilfe braucht. Auf dem Weg bleibt sie kurz vor dem Spiegel stehen. Sie ist sehr zufrieden mit ihrem Aussehen.

Trotzdem versucht sie erfolglos zum wohl hunderttausendsten Mal ihre viel zu große Zunge, die einfach nicht in ihrem Mund bleiben will, zurück zu drängen.

In der Höhle

Panik stopft meinen Körper und meine Seele in dieser pechrabenschwarzen Höhle aus, in der ich absolut nichts sehe – wie in einem Sarg tief unter der Erde vergraben. Es ist eisig und trotzdem bildet sich nasser Schweiß in meinen Achseln. Die Gerüche vermischen sich – es riecht modrig, faulig, fischig und nach Notdurft. Mir fällt es schwer zu atmen. Ich sammele mich und fühle die Wände ab. Sie sind kalt, feucht und rau wie mit Warzen übersäte Echsen. Vorsichtig setze ich auf diesem rutschigen Boden einen Fuß vor den anderen. Ich setze meine Stimme ein. Nur ein Wimmern kommt zurück, als würde eine tote Seele meine Stimme nachahmen. Dieses Geotop mutiert zu einem Psychotop. Danach ist es wieder still – so still, dass ich die Stille hören kann.

Es muss schmal sein hier. Ich gehe vorsichtig zur Seite, strecke den Arm aus und berühre die andere Wand. Ich bin in einem Gang und gehe mit seitlich ausgestreckten Armen ängstlich weiter. Plötzlich verliert sich die Wand zu meiner Linken im Nichts. Ich halte mich an die rechte Wand und spüre einen Richtungswechsel. Ich rufe, ein Echo schallt zurück. Vielleicht eine Grotte? Die Luft erstickt mich wie eine Wolke weit über der Atmosphäre. Etwas läuft über meine Hand, ich zucke zurück. Ich denke an Spinnen, Käfer, Skorpione und sonstige Krabbeltiere. Ich weiß nicht, was in einer Höhle alles wohnt. Es läuft weiter und ich schüttele es mit der anderen Hand ab. Es ist nur Wasser. Ich schleiche tastend weiter und merke, dass ich im Kreis laufe.

Da – die Wand macht einen Knick, ich folge und bekomme einen Schlag gegen die Stirn. Die Schmerzen und die Luft lassen mich taumeln wie eine Marionette, deren Fäden an Spannung verlieren. Ich versuche durchzuatmen und Luft zu holen, die nicht da ist. Ich kann nicht einschätzen, ob mir schwarz vor Augen wird oder ob es die Schwärze meiner Umgebung ist. Ich fühle wieder die Wand mit ihren Warzen ab. Ich bin mit dem Kopf gegen Gestein gestoßen. Ich ducke mich und fühle auf beiden Seiten wieder Wände und auch über mir. Es scheint ein Gang zu sein. Ich erforsche, ob er nach oben oder unten läuft. Nach oben. Es ist sehr eng und ich quetsche mich kriechend hindurch. Ich fühle mich wie eine Raupe, die versucht, durch einen eben benutzten Strohhalm an dessen Ausgang zu gelangen. Zacken halten mein Zeug fest. Ich kann es nicht lösen; die Enge lässt mir keinen Bewegungsspielraum. Mit aller Kraft bewege ich mich weiter und höre das Ratschen meiner Kleidung. Doch die Luft wird besser. Ich atme gierig ein paar Züge ein und krieche weiter. Plötzlich ist es, als schiebt sich vor meinen Augen ein Vorhang beiseite. Schleierhaft sehe ich den vor Feuchtigkeit glänzenden Felsboden vor mir. Angetrieben durch den pulsierenden Herzschlag, der meine Brust erwärmt, robbe ich weiter. Der Vorhang der Finsternis lichtet sich mehr und mehr, bis die Helligkeit des Tages meine Augen wie ein Blitz trifft.

Schachmatt

Rolf stierte auf das Schachbrett.

«Bist du eingeschlafen?», fragte seine Freundin Susanne. «Du bist am Zug.»

Langsam hob Rolf den Blick. Sein Gesicht war rot wie der Hintern eines Pavians.

«Ich weiß», zischte er und fegte mit einer Handbewegung die Figuren vom Brett.

Susanne erschrak. Was war nun los? Rolf war außer sich. Wie ein Wolf im Käfig lief er im Zimmer auf und ab und trat mit den Füßen nach den Schachfiguren.

Er hielt vor Susanne inne, glotzte sie an und sagte gefährlich leise: «Morgen früh bist du hier verschwunden, packe deine Sachen und packe sie gut. Ich will nichts mehr von dir hier sehen!»

Susanne konnte nicht begreifen, was plötzlich in ihren Freund gefahren war und wollte es nicht auf eine weitere Konfrontation ankommen lassen. Deshalb sagte sie nur «ja». Es schien Rolf noch mehr zu reizen, er brüllte Susanne an, der Raum war geladen, als wäre er mit Hochspannungsleitungen durchzogen.

«Brüll mich nicht so an», wehrte Susanne sich.

«Es ist meine Wohnung und da brülle ich so viel ich will.» Rolf stand direkt vor ihr, sein Gesicht war nur noch eine hässliche Fratze.

Susanne zog sich in die Küche zurück, Rolf lief hinterher. Susanne ging auf ihn zu und nahm ihn in den Arm.

«Beruhige dich doch bitte.»

Rolf stutze und hörte tatsächlich auf zu brüllen. Er nahm Tanzhaltung ein, fing an «Jeanny» von Falco zu singen und bewegte sich mit Susanne im Arm zu seinem Sing-Sang. Susanne sah nur seine in gestreiften Socken und Latschen gekleideten vor und zurück trampelnden Füße und bekam Panik. Sie fühlte sich wie in einem Psycho-Thriller und sie war die Hauptdarstellerin.

Abrupt ließ Rolf sie los, stieß sie von sich und brüllte weiter. Susanne legte sich aufs Bett und zog sich die Decke über den Kopf. Sie bekam mit, dass Rolf laut schimpfend jetzt wohl ihre Sachen packte. Sie verstand es nicht. War es der Alkohol? Sie hatten beide getrunken. Sie war doch erst gestern angekommen. Sie sahen sich doch so wenig.

Rolf zog Susanne die Decke vom Kopf. «Deine Sachen stehen im Flur. Verschwinde! Sofort! Ich will dich nie mehr wieder sehen.»

Susanne hatte wohl keine Wahl. Er schmiss sie tatsächlich 1.000 km entfernt von zu Hause und im angetrunkenen Zustand raus. Aber sie wollte auch weg. Sie verstaute ihre Sachen im Auto, setzte sich auf den Fahrersitz und verriegelte die Tür. Sie war fahruntüchtig, musste ihren Rausch ausschlafen, fand aber an diesem Ort keine Ruhe. Sie startete und fuhr los.

Rolf schüttelte sich und stieß mit dem Kopf ein paarmal gegen die Wand. Was, zum Teufel, hatte er getan? Er stürzte auf den Balkon, von dem er den Parkplatz sehen konnte. Susannes Auto war weg. Ihm wurde eiskalt und trotzdem bekam er klatschnasse Hände. Sein Herz raste, als er zu seinem Smartphone griff. Susanne hatte ihn blockiert. Das durfte alles nicht wahr sein. Er wollte sie nicht verlieren. Sie wollten doch wunderschöne vierzehn Tage miteinander verbringen. Wie war er umgegangen mit der Frau, die er liebte? Oh Gott – was ist überhaupt mit ihr? Wo ist sie? Wenn sie verunglückt, trägt er die Schuld – nur er ganz alleine. Wie kann er sie nur erreichen? Sich entschuldigen. Gibt es dafür überhaupt eine Entschuldigung? Würde er sie je wieder sehen?

Seine Gedanken überschlugen sich. Die Hochspannung des Raumes war gewichen, die Masten waren eingeknickt. Tropfen der Verzweiflung sammelten sich auf dem Boden. Sie kamen ihm vor wie Augen, die ihn mit Verachtung straften.

Susanne stoppte das Auto vor der Brücke. Wie im Trance stieg sie aus und wankte auf das Geländer zu. Unter ihr rasten die Autos. Susanne registrierte sie in der Dunkelheit nur als Lichtschweif. Sie stellte sich vor, sich von dem Strahl tragen zu lassen. Es würde sich anfühlen, als fliege sie auf dem Rücken eines wunderschönen Einhorns mit wallender Mähne direkt ins Paradies.

Glücklich kletterte sie über die Brüstung, hielt sich mit vorgebeugtem Oberkörper am Geländer fest und beobachtete erstaunt, wie der Lichtschweif unruhig in alle Richtungen tanzte. Wie durch Watte drangen quietschende Bremsen und blecherne Laute an ihre Ohren. Die Geräusche vermischten sich mit «Jeanny», die Autos unter ihr nahmen die Gestalt vor und zurück, rauf und runter trampelnder Füße an. Sie wollte den wunderschönen Lichtstrahl zurück und nicht dieses fürchterlich unruhige Bild. «Jeanny» war zu laut, es sollte aufhören.

Mit beiden Händen hielt sie sich die Ohren zu.

Zerrissen

Seltsam – ich schaute doch auf die gleiche Welt
wie du
und nun?

Dies fremde Bild:
Herzen, weit auf wie Muschelhälften,
verletzt durch der Worte Wucht, dreckiger

als Dreck.

Einstige Glückseligkeit verwandelt,
verödet wie Steppen.
Worte so laut und dumm, Taten so leise,
fast stumm.

Und doch - kein Ende, nur Distanz,
die sich so kumpelhaft verstanden wähnt.

Gefährlich Gefälligkeit und Zeit erheischend,
Manipulation wie Gift,
Schlangen zischelnd in mein Ohr,
Gedanken halten mich im

Würgegriff – nicht meine. Nicht mehr.

Die Muscheln bleiben zu
und die Seele kommt zur Ruh
Gedanken bleiben leer.

Noch bleibt etwas
nicht greifbar, nicht begreifbar
unsichtbar und nicht

durchtrennbar.

Auch wenn ich mich dagegen wehre,
da hilft keine Schere.

Die Waage

Es war einmal eine Waage für Menschen, die im Haus des dicken Felix stand. Felix war erst neun Jahre alt, aber er war so dick und fett, dass die Waage sich vor ihm fürchtete. Schon sah sie, wie seine fleischigen Füße sich hebten und auf sie nieder trampelten.

«Du bist zu fett für mich», ächzte die Waage. Felix erschrak. Eine Waage, die sprechen kann? «Du isst zu viel Pommes, Chips, Schokolade, Gummibärchen und Eis.»

Felix stieg schnell von der Waage und schaute sie argwöhnisch an.

Die Waage fuhr fort: «Du isst ab sofort das gesunde Gemüse, welches deine Mutter für dich zubereitet. Und spielst auch nicht den ganzen Tag mit deinem Handy, sondern lieber Fußball. In drei Tagen musst du ein Kilo weniger wiegen. Sonst verbrennst du dir deine Füße, wenn du auf mich steigst.»

Felix beschloss, gar nicht mehr auf die Waage zu steigen.

Als könne die Waage Gedanken lesen, sagte sie: «Das wird dir nicht helfen. Wenn du dich weigerst, werde ich so heiß, dass das Haus in Flammen aufgeht.»

Felix bekam es mit der Angst zu tun. Die Waage muss weg – aber wohin? Einfach in die Mülltonne werfen, war ihm zu unsicher. Da hatte er die Idee: Er würde sie in der Regentonne ersäufen. Da kann sie dann ja mal versuchen, zu brennen. Er griff nach der Waage und zuckte sofort zurück. Die Waage war so heiß wie eine Herdplatte. Es war nicht möglich, sie anzufassen. Ihm blieb wohl nichts anderes übrig, als das zu tun, was die Waage von ihm verlangte.

Drei Tage aß er nur Gemüse und fand, dass es gar nicht so schlecht schmeckte. Sein Handy schaltete er gar nicht erst ein, um nicht in Versuchung zu kommen. Stattdessen astete er sich mit seinem Übergewicht auf dem Fußballplatz ab. Es fiel ihm schwer, aber eigentlich könnte es Spaß machen, würde er nicht so viel wiegen.

Die Waage zuckte innerlich furchtsam zusammen, als sie die Füße des dicken Felix kommen sah. Selbst mit einem Kilo weniger würde sie das Gefühl haben, zerquetscht zu werden. Felix trampelte zum Glück nicht sofort auf die Waage. Er hatte Angst, sie würde wieder zu heiß sein. Deshalb tippte er vorsichtig mit seinem großen Zeh darauf, als wolle er die Temperatur von einem Badesee testen. Die Waage fühlte sich an wie eine Waage. Felix stieg vorsichtig mit den Füßen nacheinander auf. Der Waage gefiel diese Behutsamkeit, war das doch erheblich besser, als sofort unter dem Gewicht zerbrechen zu drohen.

«Bravo», sagte die Waage. «Du hast es geschafft und ein Kilo abgenommen. Du musst so weiter machen – alle drei Tage ein Kilo weniger, bis du nicht mehr zu fett bist. Du musst auch deine Hausaufgaben machen und für die Schule lernen. Du bringst nur fünfen nach Hause. In drei Tagen schreibt ihr ein Diktat. Schaffe es, mindestens eine drei zu bekommen. Schaffst du es nicht, werde ich dir den großen Zeh abschneiden, wenn du dich wiegst.»

Felix war schockiert. Wie sollte er es schaffen, Fußball zu spielen und für die Schule zu lernen. Irgendwie musste er das hin bekommen. Zeh abschneiden tat sicher sehr weh und dass das Haus abbrennt, wollte er natürlich auch nicht.

Er aß also auch die nächsten Tage Gemüse, spielte Fußball und büffelte für das Diktat. Er vergaß ganz, dass er ein Handy hatte. Abends fiel er todmüde ins Bett.

Aufgeregt wartete Felix in der Schule auf die Rückgabe der Diktate. Er hatte es tatsächlich geschafft und eine drei bekommen. Der Lehrer lobte ihn sehr und auch seine Eltern freuten sich.

Die Waage sagte nur: «Gut.»

War das alles? Nur gut und das, obwohl er auch das Kilo abgenommen hatte.

Die Waage fuhr fort: «Du machst deiner Mutter Kummer, weil du alles herum liegen lässt und dein Zimmer sieht aus, als wäre es der Drehort für einen Kriegsfilm. In drei Tagen hast du dein Zimmer aufgeräumt. Und vergesse das Kilo und die Mathearbeit nicht, die ihr in drei Tagen in der Schule schreiben werdet. Wenn du das nicht schaffst, fliege ich mit dir auf mir drauf wie eine Rakete nach oben und zerquetsche dich an der Decke, dass von dir nur noch ein Fettfleck übrig bleibt.»

Was wollte die Waage denn noch alles von ihm? Fußball wegen dem Kilo, lernen für die Schule und jetzt auch noch das Zimmer aufräumen. Felix hatte keine Wahl. Ein Fettfleck wollte er nicht sein.

Nach drei Tagen hatte er ein weiteres Kilo abgenommen, eine drei in Mathe geschrieben und sein Zimmer war aufgeräumt. Die Waage war zufrieden. Auch weil Felix schon etwas leichter war und sie sein Gewicht besser ertragen konnte.

Sie sagte nichts mehr zu Felix. Er war erleichtert, dass sie ihm keine Aufgaben mehr stellte, denn er hatte genug zu tun. Das Fußballspielen mit den anderen Jungs machte ihm immer mehr

Spaß, je leichter er wurde. In der Schule freute er sich über die guten Noten und über das Lob von Eltern und Lehrern. Ein aufgeräumtes Zimmer fand er auch viel schöner, weil er alles wieder finden konnte.

Die Waage sprach nie wieder mit Felix und wurde auch nie wieder heiß. Es war nur eine Waage wie jede andere auch. Manchmal dachte Felix, er hat das alles nur geträumt.

Er sah das versteckte Zwinkern der Waage nicht, wenn er auf sie stieg.

Die Suppe

Lydia grinste teuflisch vor sich hin, als sie die kleingehackten Blätter des giftigen Fingerhutes aus dem Garten wie köstliche Kräuter in die Suppe gab. Sie hatte sich bestens informiert und wusste, dass nur 2,5 g zum Herzstillstand führen. Vorsorglich hatte sie 5 g genommen. Sie durfte kein Risiko eingehen. Den bitteren Geschmack kaschierte sie mit Honig und scharfem Gewürz. Das würde eine geschmackliche Komposition ergeben, wie ihr Mann Jens es liebte.

Lydia freute sich, einen Weg gefunden zu haben, sich ihres langweiligen, armseligen und kränklichen Mannes zu entledigen. Jens litt an einer Herzschwäche, also würde niemand Verdacht schöpfen. Und dann war ihr Weg endlich frei für ihren Geliebten Jörg, dem Bruder ihres Mannes. Jörg war nicht nur ein wundervoller Liebhaber, er war auch reich und würde Lydia jeden Wunsch erfüllen.

Ach, könnte sie ihm doch jetzt schon sagen, dass sie bald frei für ihn sein würde – sehr bald. Aber das ging natürlich nicht.

Lydia hörte die Haustür klappen.

«Hallo mein Schatz», begrüßte Jens seine Frau. «Das war vielleicht wieder ein anstrengender Tag.

Ich bin auch richtig hungrig. Was gibt es zu essen?»

«Ich habe eine Suppe gekocht.» In Gedanken fügte sie hinzu: «Es war dein letzter anstrengender Tag.»

Sie verabschiedete sich: «Ich bin mit Laura verabredet und kann dir beim Essen leider keine Gesellschaft leisten. Die Suppe ist noch warm. Du brauchst dir nur auffüllen.»

«Wie schade», fand Jens. «Dann hab einen schönen Abend und grüße Laura von mir.»

Lydia fuhr zu ihrer Freundin, mit der sie sich tatsächlich verabredet hatte. Viel lieber wäre sie zu Jörg gefahren, aber es könnte ja irgendetwas sein, das Jens veranlasste, bei Laura anzurufen.

Der Abend zog sich wie Gummi und Lydia fiel es schwer, sich auf das Gespräch mit Laura zu konzentrieren. Nach drei Stunden befand sie, dass die Zeit wohl ausreichend war und sie Jens zu Hause tot vorfinden würde.

Aufgeregt machte sie sich auf den Heimweg. Sie würde viel zu tun haben: den Rest der Suppe und das Geschirr beseitigen, den Arzt anrufen, der den Tod feststellt und den Bestatter, der Jens Leichnam abholen würde und danach Jörg anrufen, dem sie unter Tränen von dem Tod seines

Bruders erzählen musste. Jörg würde nicht merken, dass es Freudentränen sein werden.

Als Lydia in die Heimatstraße einbog, verlangsamte sie abrupt das Tempo. Sie wollte nicht glauben, was sie sah: Jörgs Auto parkte vor dem Haus. Was zum Teufel, war da los?

Ihr Weg führte direkt ins Esszimmer. Zwei leere, aber benutzte Teller standen einsam auf dem Tisch. Auf dem Boden daneben sah sie Jörgs Beine. Seine Hose war nass. Mit stockendem Atem kam sie näher und ein gellender Schrei ertönte aus ihrem Mund. Sein Kopf lag mit weit geöffneten Augen einen halben Meter neben seinem Torso.

Lydia rannte wie von Sinnen aus dem Haus – direkt in die Arme eines Polizisten.

«Beruhigen Sie sich. Ihr Mann ist im Krankenhaus und außer Lebensgefahr. Er wurde auf der Straße mit einer Axt aufgegriffen. Offensichtlich halluzinierte er stark, hervorgerufen durch ein starkes Gift. Haben Sie Fingerhut in Ihrem Garten?»

Auf der Klippe

Wie die wallende Mähne eines galoppierenden
Schimmels
flattert ihr Gewand aus weißem Tüll
im Wind des Meeres.

Ihr schwarzes Haar, wehend
wie Wellen im Strom
wie schillernder Lack in der Sonne
gibt ihre weiße Haut frei.

Lippen so rot wie der Mohn auf der Klippe,
gemeinsam mit wilden Narzissen
zu ihren nackten Füßen

sich verbeugend.

Er riecht ihren Duft,
verschmelzend mit dem Geruch des Meeres,
wie frischer Tau legt er sich unberührt
auf seine Lippen.

Trunken atmet er ein, inhaliert den Geschmack
als wäre es das Elixier des Lebens und des Seins.

Ihr Anblick im Gegenlicht der Sonne
versetzt ihn in eine Welt
voller Mythen und Sagen.

Taumelnden Sinnes und doch
mit stolzgeschwellter Brust
bewegt er sich auf sie zu,

nicht wagend,
dieses Geschöpf der perfekten Ästhetik
mit seinen Armen zu umklammern

als könnte seine Liebe alles zerbrechen.

Der Hundebesitzer

Ich hatte Glück. Der kleine Gasthof war leer. Absichtlich hatte ich die kleine abgelegene Kneipe gewählt. Ich brauchte Ruhe, absolute Ruhe und wollte niemanden sehen. Bis auf den alten Mann, der den Gasthof seit Jahren führte. Ich mochte ihn. Er war ruhig, besonnen und nervte nicht.

«Nichts los hier heute», sagte ich, als er meine Bestellung aufnehmen wollte.

«Bei diesem düsteren und rauen Wetter verirrt sich niemand hierher», antwortete er.

«Nur ich», zwinkerte ich ihm zu.

«Ich weiß. Ich hab heute eine kräftige Hühnersuppe gekocht. Sonst gibt's nur Kartoffelsalat und Würstchen.»

«Was sollst du auch so viel bereithalten, wenn doch niemand kommt. Hühnersuppe klingt hervorragend. Genau das Richtige bei dem Wetter. Bring mir man gleich eine Terrine.»

«Sehr gern», antwortete der Alte und trollte sich in die Küche.

Ich lehnte mich entspannt auf der alten Holzbank zurück und lauschte dem Knistern des Kaminfeuers.

Der Alte brachte die Suppe und ich löffelte genüsslich. Kochen konnte er, das musste man ihm lassen.

Ein eisiger Luftzug verriet mir, dass die Tür geöffnet wurde. Ich schaute mich um und sah einen Herrn eintreten. Sein Trenchcoat triefte vor Nässe und bildete eine Pfütze auf dem Boden. Erleichtert bemerkte ich, dass er offensichtlich noch auf seine Begleitung wartete. Die Herrschaften würden wohl mit sich selbst beschäftigt sein und mir meine Ruhe lassen.

Mit Entsetzen erfasste ich, dass seine Begleitung sich als struppiger und durchnässter Hund entpuppte, der sich erstmal ausgiebig schüttelte, so dass die Wassertropfen fontänenartig durch den Gastraum flogen.

Keineswegs hatte ich etwas gegen Hunde. Ich liebte Hunde und diese mich. Doch Hunde waren geeignet, ein Gespräch zwischen ihrem Besitzer und mir zu vermitteln. Und genau danach stand mir heute nicht der Sinn.

Also erwiderte ich den Gruß des Herrn höflichkeitshalber kurz mit einem Kopfnicken und konzentrierte mich wieder auf meine Suppe. Nur ja den Hund nicht anschauen. Ich hatte immer das Gefühl, meine Augen übten eine magnetische Anziehungskraft auf Hunde aus und deren Besitzer dockten gleich mit an.

Vorsichtshalber kramte ich schon mal mein kleines Buch aus dem Rucksack. «Kleine Hundegeschichten mit Herz». Wie passend!

Der Alte holte die leere Terrine ab und ich bedankte mich für die leckere Suppe.

«Wie immer einen heißen Kakao mit Rum und Schlagsahne hinterher?», fragte er.

«Selbstverständlich», freute ich mich.

Ich schlug mein Buch auf und steckte meine Nase hinein. Es vermittelte mir das Gefühl, eine Tarnkappe auf zu haben, deren Tarnkraft offensichtlich nicht bis zu meinem Unterkörper reichte.

Etwas Nasses rubbelte sich an meinem Bein.

«Der tut nix», vernahm ich die Stimme des Hundebesitzers.

Es war passiert!

Ich antwortete vorsorglich nicht, hielt jedoch dem Hund meine Hand hin, ließ ihn schnuppern und streichelte seinen Kopf. Mit der anderen Hand hielt ich das Buch und ließ meine Nase wieder darin verschwinden.

«Ein schönes Buch. Ich kenne es», drang es in meine Gehörgänge.

Super! Ich sollte nach einem Buch suchen «Wie zerlege ich Hundebesitzer fachgerecht» oder so ähnlich.

«Mal sehen. Hab gerade erst angefangen», antwortete ich stattdessen und vertiefte mich wieder in die Lektüre.

«Ich finde, der Autor hat es ganz toll geschrieben. Wirklich mit viel Herz, rührend, aber auch mit Witz.»

Ich reagierte nicht, las und streichelte den Hund weiter. Der Typ musste doch merken, dass ich nicht auf eine Unterhaltung aus war. Tatsächlich war er still und ich versuchte mich weiter auf die Geschichte zu konzentrieren. Nach einigen Zeilen hatte sie mich gepackt. Wirklich sehr rührend und herzergreifend geschrieben. Und schmunzeln musste ich auch ab und zu.

Ich dachte an meine Hündin Kira, die vor kurzem eingeschläfert werden musste und meine Augen füllten sich mit etwas Pipi. Ich tupfte sie trocken und nippte an meinem Kakao.

Ich hatte mit Kira so viel tolle und verrückte Geschichten erlebt, die ich gerne nieder schreiben wollte. Von «Kleine Hundegeschichten mit Herz» erhoffte ich mir Inspiration. Schließlich war ich keine Schriftstellerin. Ich las weiter.

Das schlurfende Geräusch des Stuhles an meinem Tisch riss mich brutal aus der Literatur. Ich äugte über den Buchrand hinweg. Der Hundebesitzer hatte tatsächlich ungebeten und ungefragt an meinem Tisch Platz genommen.

Er lächelte mich freundlich an.

«Darf ich mich vorstellen? Meine Name ist Arno Sabelmann.»

«Er meint wohl Sabbelmann», dachte ich verdrossen.

Der Magnetismus war auch ohne Blickkontakt aktiv. Es hatte keinen Sinn, so zu tun, als wäre ich nicht da. Ich klappte das Buch zusammen und legte es auf den Tisch. Zufällig fiel mein Blick auf den Namen des Autors und ich riss verblüfft die Augen auf.

«Ich bestelle mir noch einen Kakao», sprach ich mein Gegenüber an. «Möchten Sie auch einen?»

Er nickte wohlwollend.

Kopfkino-Einkaufszettel

Auf meinem Wohnzimmertisch hüpft der Affe Herr Nilsson herum und wirft rohe **Eier** auf den Boden. Das getupfte Pferd von Pipi Langstrumpf möchte ihm **Bananen** geben, rutscht aus und strampelt mit den Beinen in der Luft.

Star Wars Jabba wabbelt mit einer Stiege **Tomaten** in die Stube. Auch er rutscht aus und fällt auf das Pferd. Nun ist das Pferd Matsch, die Tomaten sowieso.

Am Boden hockt Quasimodo und versucht, den Glibber mit **Klopapier** aufzuwischen. Esmeralda liest in der **Fernsehzeitung**, beschmiert anschließend den Fernseher mit **Senf** und malt mit den Fingern **Würstchen** in die braune Masse.

Auf dem Sofa sitzt Edward Cullen und giert nach dem blutigen **Steak** vor seiner Nase. Bella fliegt mit einer Flasche **Ketchup** in den Raum und kleckert alles auf das Sofa.

Und dann kommt auch noch der Weihnachtsmann. Mit einem Sack voller **Kartoffeln**. Entsetzt lässt er den Sack beim Anblick des Wohnzimmers fallen und die Kartoffeln kullern zwischen Glibsch und Matsch umher. Der Weihnachtsmann verputzt einen **Schoko-Weihnachtsmann** und denkt: «Osterhasen, fertig machen. Ich bin durch.»

Dreiergespann

«Warum gehst du nicht nach oben in dein Zimmer?», fragt Herbert Thomas, der auf dem Sofa liegt.

«Weshalb sollte ich?»

«Weil ich nicht darauf rumgucken will, wie du da liegst und dir den Sack kratzt», nörgelt Herbert.

«Was kümmert dich mein Sack. Guck zum Fernseher», antwortet Thomas gleichgültig.

«Ich hör das Kratzgeräusch. Ich hab schon ein paar Mal zu deiner Mutter gesagt, du kannst es dir doch oben schön einrichten. Dann haben wir hier unten unsere Ruhe.»

«Du kannst auch wieder ausziehen, dann haben Mutter und ich unsere Ruhe», kontert Thomas.

«Das hast du nicht zu entscheiden. Deine Mutter wollte, dass ich hier einziehe.»

«Da irrst du, mein lieber Herbert», sagt Thomas ironisch. «Erstens ist es mein Haus und zweitens hast du meine Mutter dazu überredet, dich hier einzuquartieren.»

«So ein Blödsinn.» Herbert wirkt sichtlich genervt. «Es gehört sich einfach, dass man als Paar zusammen lebt und deine Mutter wollte nicht zu mir ziehen, also musste ich hierher.»

«Gar nichts musstest du. Ich hatte ja auch nichts dagegen, das war Mutters Entscheidung. Natürlich will sie nicht weg aus dem Haus. Sie hat schließlich lebenslanges Wohnrecht», sagt Thomas gelassen und kratzt sich weiter den Sack.

«Das ist doch nicht normal, dass ein Mann von 50 Jahren noch mit seiner Mutter zusammen lebt und wir hier als Dreiergespann hausen. Die Leute lachen ja schon.»

«Mutter und ich haben damit kein Problem. Und wie gesagt: Es ist mein Haus. Ich sehe somit keine Veranlassung, es mir oben schön zu machen.»

«Dann muss ich mit deiner Mutter wohl auf's Schlafzimmer ausweichen», antwortet Herbert.

«Du kannst weichen, wohin du möchtest. Hast aber kein Recht, dich hier als Haustyrann aufzuspielen.»

«Das ist eine Frechheit, mich einen Haustyrann zu schimpfen», regt Herbert sich auf.

«Es ist die Wahrheit. Meine Schwester hast du auch schon vergrault. Die mag wegen dir schon gar nicht mehr herkommen. Das finden Mutter und ich bestimmt nicht toll. Ihre Enkelkinder bekommt sie auch kaum noch zu Gesicht.»

«Dann fahr du doch mit ihr dahin», sagt Herbert.

«Wenn ich Zeit habe, mache ich das ja. Nur woher soll ich die immer nehmen, wenn ich erst um 19 Uhr von der Arbeit komme und nur sonntags frei habe. Denk mal nach, Herbert, und sei nicht so egoistisch.» Thomas setzt sich jetzt auf, da er langsam in Fahrt kommt und fährt fort: «Und wenn jemand lacht, dann über dich, weil du dich mit deinen altertümlichen Ansichten lächerlich machst.»

«Ich hab keine altertümlichen Ansichten. Ich will mit deiner Mutter einfach nur die letzten Lebensjahre glücklich verbringen.»

«Ach ja?», entgegnet Thomas. «Es sind also keine altertümlichen Ansichten, wenn du meine Mutter ans Haus kettest? Du weißt ganz genau, dass sie gerne wieder eine alte, pflegebedürftige Person zumindest stundenweise betreuen würde. Aber du verbietest es ihr.»

«Deine Mutter hat so etwas nicht nötig. Ich habe eine gute Pension. Womöglich wäre diese Person auch noch männlich, an der sie Hand anlegen müsste. So etwas kommt für mich überhaupt nicht in Frage.»

«Du verstehst es nicht, Herbert. Sie möchte einfach nur eine sinnvolle Aufgabe.»

«Sie hat Aufgaben genug. Und ich sorge ja wohl auch ausreichend für ihre Freizeitgestaltung. Fahre mit ihr in Cafés, zum Essen, in Urlaub usw.»

«Das ist auch der einzige Grund, weshalb Mutter es mit dir aushält», antwortet Thomas. «Frage dich doch mal, wieso sie dich nicht heiraten will, wenn du dich doch für so toll hältst. Denn dann hätte Mutter gar nichts mehr zu bestellen.»

Herbert kennt solche Ausbrüche von Thomas gar nicht und reagiert zornig: «Wenn ich nicht wäre, fällt dein dämliches Haus bald zusammen. Du sitzt auf deinem Geld wie eine Klucke auf ihren Eiern und lässt mich hier alles bezahlen. Und frisst dich auch noch von meinem Geld durch.»

Thomas haut wütend auf den Tisch. «Seit du hier bist, gibt es nur Probleme. Mutter und ich hatten solche nicht, bevor du hier aufgetaucht bist.»

«Was soll das jetzt heißen? Du willst, dass ich ausziehe?» Herberts Kopf gleicht einer Leuchtboje.

In diesem Moment betritt die Dame des Hauses das Wohnzimmer und lacht ihre Männer strahlend an. Herbert lehnt sich in seinem Sessel zurück und schaut zum Fernseher.

Thomas streckt sich wieder auf dem Sofa aus und kratzt sich den Sack.

Im Wald

Fröstelnd, gebeugt und den Kopf voller wirrer Gedanken wie Knoten in einem Wollknäuel betrete ich den Wald an diesem trüben und feuchten Novembertag. Kalter Wind greift wie Eiskrallen an meine Wangen. Ich gehe ein paar Schritte, hebe den Kopf, öffne den Blick und sauge die Luft ein. Jeder Atemzug füllt meine Lunge mit heilenden Terpenen. Dankbar richtet sich mein Blick auf die Stämme des dichten Nadelwaldes. Vor mir liegt ein riesiger Teppich aus weichem, grünem Flaum. Dicht an dicht wachsen Babytannen im Schatten der Altbäume. Werden sie weiter wachsen ohne Licht? Ich las, dass einige es schaffen werden, denn sie werden von den Großen gesäugt. Unsichtbare Pilzfäden ziehen sich durch den Waldboden, sie geben den Bäumen Nährstoffe, Wasser und Botenstoffe. Als Gegenleistung nährt der Baum die Pilzfäden mit Zucker. Ein Geben und Nehmen, wie man es sich oft unter uns Menschen wünschen würde.

Über die Pilzfäden kommunizieren die Bäume miteinander, sie warnen, schützen und senden Notrufe. Ein Miteinander, eine perfekte Harmonie, als würde ein Baum wissen, dass er alleine

kein Wald ist und nur als Gemeinschaft funktio-
nieren kann.

Barfuß gehe ich abseits des Weges über den
weichen Waldboden, über federnde Moose, die
meine Gelenke genüsslich schmatzen lassen. Das
Knacken der Zweige, auf die ich trete, das Gras,
welches meine Füße streift, das Kitzeln der Moose
und das leichte Pieken der Tannennadeln an meinen Fußsohlen lassen mich vorsichtig weiter
schweben. Ich horche auf die Stille um mich, sehe
Tautropfen an Farnen und Spinnenweben wie
Perlen glitzern, dort ein Stumpf mit uriger Moos-
kappe, ein alter Astknorren ragt vorwitzig hervor
wie eine Nase. Oder ist das etwa ein Troll? Ich
verliere mich in diesem Mikrokosmos und verfalle
wie Alice im Wunderland in kindliches Staunen.
Ich bin eingetaucht in die Waldatmosphäre und
umhüllt von seiner Magie. Als wäre ich in Kasch-
mir gehüllt, erfüllt mich an diesem feucht-kühlen
Tag eine wohlige Wärme.

Und doch beklemmt die dumpfe Schwärze. Wie
ein geschlossener Raum umgibt mich der dichte
Tann, als wolle er mich für immer bei sich behalten.

Aber nein, der Wald wird lichter. Umgestürzte
und abgebrochene Tannen lassen mich verstehen.
Ohne den dichten Schutz der Gemeinschaft muss-

ten die Bäume vor der grausam vernichtenden Natur hilflos nachgeben.

Eine alte Eiche steht imposant am Anfang des Mischwaldes als wäre sie ein historisches Empfangsportal. Ich verfolge den mächtigen Stamm mit meinen Augen bis zur Krone, an der noch ein paar bräunliche Blätter hängen. Wie alt mag dieser Baum wohl sein? Was mag er alles gesehen und mitgemacht haben, welche Epochen hat er durchlebt, welchen Stürmen und Katastrophen Stand gehalten? Ich berühre den Stamm mit beiden Händen, atme den Duft der Rinde tief ein und nehme die Kraft dieses Baumes auf. Ich trete etwas zurück, betrachte das knorrige Wurzelwerk mit dem Wissen, dass dieses wie mächtige Anker unter meinen Füßen verläuft. Ich schließe die Augen und werde selbst zu einem Baum. Wurzeln wachsen aus meinen Füßen, vergraben sich tiefer und tiefer in die Erde, wickeln sich wie Tentakeln um die Wurzeln der Eiche, bis auch ich verankert bin. Einige bräunliche Blätter fallen hernieder. Meine Seele versteht die Sprache des Baumes und lässt auch mich toten Ballast abwerfen wie welkes Laub. Ein Blatt fange ich auf. Es war einmal jung, wuchs, veränderte die Tönung seines ersten frischen Grün bis es gelb und braun wurde. Es wird zu Humus werden und neues Leben geben. Ich grabe ihm eine kleine Mulde, lege es gemeinsam mit belastenden Gedanken hinein und bedecke das, aus dem Gutes erwachsen wird, mit etwas Erde.

Ich setze meinen Weg fort, schaue und lausche den Geschichten, die der Wald mir erzählt: das Rauschen der letzten Blätter im Wind, das Knacken und Knarren der Äste, das Platschen der Tropfen des letzten Regens, das schrille Fiepen eines Rehs, das Keckern eines Fuchses. Es knackt, raschelt und ruschelt. Eine Maus? Ein Hase? Eine Schlange? Oder gar ein Wildschwein oder Wolf?

Ich gehe zurück zu *meiner* Eiche und lehne mich eine Weile an dieses Kraftpaket. Welch eine Geborgenheit und Sicherheit dieser Baum ausstrahlt. Er nimmt mich mit auf eine Fantasiereise in die Vergangenheit – in seine Vergangenheit.

Ich lausche seiner Geschichte:

«Vor langer, langer Zeit haben wir mit den Menschen in ihren Worten gesprochen. Wir halfen, wenn sie Sorgen hatten und gaben Rat. So begab es sich, dass sich eine arme Witwe in ihrer Not an uns wandte. Ihr kleines Kind war sehr krank und sie hatte kein Geld für Medizin. Wir sagten ihr, wo sie eine vergrabene Kiste mit Goldtalern finden konnte. Sie grub, bedankte sich und zog glücklich mit den Talern von dannen.

Ein Bauer, der sehr faul war, hörte davon, verkleidete sich mit Kopftuch und Rock und erzählte uns, dass ihr fleißiger Mann sterben müsse, wenn sie ihm keine Medizin kaufen könne. Wir sagten ihr, sie solle unter der alten Kastanie graben. Dort angekommen, entledigte sich der Bauer seiner Verkleidung und fing an zu graben. Da erkannten wir seine List und beratschlagten uns. Wir waren sehr erbost. Unsere Zweige und Äste bewegten sich immer heftiger und unsere Blätter rauschten immer lauter. Der faule Bauer schaute angstvoll nach oben. In dem Moment schleuderte die Kastanie all ihre Früchte ab – und es waren sehr viele, so dass die stacheligen Schalen den Kopf und das Gesicht des Bauern wie Geschosse trafen. Als er schrie, flog eine Frucht direkt in seinen Mund bis tief in den Rachen. Er würde nie wieder lügen können.

Von diesem Tag an beschlossen wir, dass Menschen unsere Worte nicht mehr hören sollen. Wer uns aber achtet, versteht unsere Sprache heute noch.»

Ich lege meine Hände an die Rinde der Eiche und richte den Blick nach oben in ihre ausladende Krone.

«Ich komme wieder», sage ich und es scheint mir, als würden sich die Lippen eines Astwulstes zu einem Lächeln verziehen.

Zeit

Wie Sonne und Mond sich jagen,
jagt das Leben uns.

Tag und Nacht, Nacht und Tag,
hell und dunkel, Licht und Schatten,
Blüten öffnen, Blüten schließen.
Ebbe und Flut, Berg und Tal,
vor und zurück, auf und ab.

Leben kommt, Leben geht.

Was ist gestern?
Was ist morgen?
Was ist jetzt?
Was ist Zeit?

Der Pendelschlag des Lebens
im Rhythmus der Lebendigkeit.

Pilzexkursion

Ungeduldig stand die kleine Gruppe dreier Frauen und zweier Männer mit ihren Körbchen am vereinbarten Treffpunkt. Wo blieb der Förster nur, der sein Pilzwissen an die Wissbegierigen weiter geben wollte?

«Wir warten nun schon 45 Minuten. Der kommt nicht mehr», meinte einer der Herren.

Eine der Frauen antwortete: «Ich denke auch nicht. Ich gehe trotzdem in den Wald, wenn ich schon mal hier bin. Möchte sich jemand anschließen?»

Die Gruppe entschied, wenigstens einen Waldspaziergang gemeinsam zu machen. Man stellte sich kurz mit Vornamen vor, um eine vertrautere Atmosphäre zu schaffen.

«Warum hast du deinen Korb nicht im Auto gelassen?», fragte Rudi mit Blick auf Dörte.

«Etwas kenne ich mich mit Pilzen aus. Vielleicht finde ich welche, von denen ich sicher weiß, dass sie essbar sind», antwortete sie.

«Dann kannst du doch die Exkursion führen», fand Brigitte.

«Wenn ihr in meine Kenntnisse so viel Vertrauen haben wollt.»

«Ich hab auch noch einen Pilzratgeber in der Tasche. Mit Fotos und Verwechselungsausschluss», meinte Carla.

«Dann kann doch nichts schiefgehen. Auf zur Pilzsuche», forderte Rudi die Gruppe auf.

«Wie ihr wollt», antwortete Dörte. «Wir müssen in den Wald hinein. Hier am Weg finden wir keine Pilze.»

So driftete die Gruppe vom Weg ab. Der Mischwald war gut begehbar im November. Der Boden bestand aus Laub, Nadeln und Moosen.

Sie mussten recht tief in den Wald wandern, bis die ersten Pilze sichtbar wurden. Dörte war sich jedoch nicht sicher und Carla zückte ihr Buch.

«Den kann man verwechseln. Lassen wir lieber», meinte sie.

Die Gruppe wanderte weiter, stets den Blick auf den Boden gerichtet. Plötzlich vernahmen sie Stimmen. Offensichtlich waren sie nicht die Einzigen auf der Suche nach Pilzen.

«Lass uns mal nachsehen. Vielleicht haben die mehr Erfahrung», hoffte Axel.

Nach einigen Schritten sahen sie drei junge Männer oder Jugendliche. Alle hantierten mit ihren Smartphones herum und leuchteten Baumstämme und Boden mit Taschenlampen ab.

«Sieht nicht nach Pilzsammlern aus», sagte Carla.

«Für mich sieht das nach Geocaching aus», stellte Brigitte fest. «Das macht mein Sohn auch.»

«Geocaching? Was das denn?», fragte Dörte.

«So eine Art Schatzsuche. Da werden Sachen versteckt. Geschenke oder Logbücher. Mit Geokoordinaten können die Verstecke dann gefunden werden.»

«Klingt interessant. Moderne Schnitzeljagd also», lachte Rudi. «Ob die Jungs sich gestört fühlen, wenn wir da mal hingehen?»

«Glaub nicht. Probieren wir es mal.»

Die Gruppe bewegte sich in Richtung der jungen Leute, die weiterhin emsig mit Smartphone und Taschenlampe beschäftigt waren.

Der Wald war nicht mehr so dicht. Lange Gräser als Nachbleibsel sommerlicher Tage lagen platt und welk auf dem Boden.

«Igitt…», schrie Dörte auf. «Hier ist ja alles voll Nacktschnecken!»

Angewurzelt blieben alle stehen und aufgeregte Worte entflammten.

«Die sind ja dicht an dicht und so riesig.»

«Ja, aber unter den Schnecken scheinen jede Menge Pilze zu sein. Die Viecher laben sich daran.»

«Sollen sie. Da grabble ich bestimmt nicht rein.»

«Ist bestimmt alles voller Schleim.»

Dörte schüttelte sich vor Ekel. «Da geh ich nicht durch. Kann man ja gar nicht zutreten oder rutscht womöglich noch aus.»

«Ach komm, stell dich nicht so an. Wir haben doch alle festes Schuhzeug an. Scheinen auch nur ein paar Schritte zu sein. Die Jungs da vorne bewegen sich ganz normal.»

Dörte ließ sich nicht überreden. «Geht nur. Ich warte hier. Ist mir zu eklig.»

Mit großen Schritten überquerten die anderen das Schneckenfeld. Dörte schüttelte sich von dem schmatzenden Geräusch.

«Hey, macht ihr Geocaching?», fragte Brigitte.

«Ja, wir sind Geocacher», antwortete einer der Jungs und guckte die Gruppe etwas verwundert an.

«Wir wollten eigentlich Pilze sammeln und haben euch gesehen statt Pilze», klärte Rudi auf.

«Ach so. Wenn ihr Lust habt, könnt ihr mit suchen. Irgendwo hier muss ein Cache versteckt sein. Wir suchen schon eine Stunde und finden das Ding nicht.»

«Wo muss man denn suchen?», fragte Rudi.

«Unter Laub, in Baumhöhlen, in Wurzelnischen.»

Brigitte erinnerte sich, dass ihr Sohn einmal von einem Cache in einer Baumhöhle erzählt hat und schaute sich um. Sie erblickte eine knorrige alte Eiche.

«Schaut doch dort mal nach», forderte sie die Jungs auf.

«Haben wir schon. Da ist nichts zu finden.»

Brigitte ging trotzdem zu dem Baum und untersuchte Stamm und Wurzelwerk ausgiebig. Eine verwachsene Astgabel am Stamm erregte ihre Aufmerksamkeit.

«Hier ist ein Loch», rief sie den Jungs zu.

«Tatsächlich? Haben wir nicht gesehen.»

«Ist auch sehr versteckt.»

Die Jungs schauten sich die Stelle an.

«Das wird es sein. Wir leuchten da erstmal rein.»

Der Kleinere ließ sich anheben und leuchtete mit seiner Taschenlampe in das Loch.

«Ich kann gar nichts sehen. Scheint tief zu sein», schimpfte er. «Ich lang mal rein.»

Er steckte die Taschenlampe weg, hielt sich mit einer Hand am Ast fest und ließ den anderen Arm im Loch verschwinden.

«Verfluchte Scheiße», schrie er auf, fiel zu Boden und riss seinen Kumpel mit.

Lautes Brummen ertönte, als würde ein Hubschrauber direkt über ihnen kreisen. Tausende ausfliegender Hornissen fluteten die Luft. Sofort griffen die Insekten wütend an.

Wild um sich fuchtelnd rannten alle weg, gefolgt von dem Schwarm, deren Tiere ihr Gift ohne Unterlass in die Leiber injizierten.

Die Kräfte schwanden und die Menschen taumelten nur noch, bis sie stürzten – direkt ins Schneckenfeld. Sofort nahmen die Schnecken die besinnungslos herum liegenden Körper in Besitz und machten sich an der neuen Beute zu schaffen.

Dörte stand davor und grinste.

Eine Hand legte sich auf ihre Schulter.

«Das hast du gut gemacht, Dörte. Wieder ein paar Unruhestifter weniger in meinem Wald.»

Der Kämmerer

1971 war es, als ich meine Lehre in einem Amt begann. Heute heißt es Ausbildung und Behörde. Oder Verwaltung, Kreisverwaltung um genau zu sein. Oder Kreisverwaltungsbehörde. Früher nannte man es Landratsamt. Wahrscheinlich heißt es in einigen Gegenden immer noch so. Das weiß ich nicht so genau.

Ich war auch keine Auszubildende, obwohl es eine Ausbildung sein sollte. Ich war ein Lehrling oder Stift. Ein Stift zu sein, fand ich komisch. Dabei dachte ich zuerst an einen Bleistift. Vielleicht musste ich noch erst angespitzt werden. Oder weil ich so dünn war. Vielleicht befürchtete man auch, dass ich stiften gehen könnte.

Und ich war auch noch ein Fräulein. Ich meine, man nannte mich Fräulein – Fräulein Bärbel. Nicht, weil ich so jung war, sondern weil man alle unverheirateten Mädchen und Frauen Fräulein nannte. Wer nicht heiratete oder keinen Mann abbekam, blieb ein Fräulein. In dem Amt arbeiteten also auch unverheiratete 50-jährige, die Fräuleins waren. Jedenfalls wurden sie so genannt. Ob sie wirklich noch ein Fräulein waren, wusste man nicht. Und weil man das auch heute nie so genau weiß, nennt man heutzutage unverheiratete 15-

jährige vorsichtshalber Frau. Damit sind Fräuleins ausgestorben. Nur einige Männer haben das noch nicht so richtig mit bekommen. Sie sagen heute noch zu ihrer Frau: «Nun hör mir mal gut zu, mein Fräulein…»

Ich kam als Erstes in die Kämmerei und hatte nicht die geringste Ahnung, was ich dort lernen sollte. Vor allem war es mir rätselhaft, was käm-men mit Amt zu tun haben könnte.

Als ich mich zum Dienstantritt meldete, stieß ich zuerst auf die Sekretärin, Frau Murgel, und wurde strengstens ermahnt, das Büro des Käm-merers nicht ohne vorheriges Anklopfen und – ganz wichtig: niemals ohne ein «Herein» abzu-warten, zu betreten.

Also klopfte ich. «Herein». Ich trat ein und sah - nichts! Jedenfalls keinen Kämmerer. Da stand ich nun verloren in einem riesigen Büro, aus dem eine Stimme ohne Mensch gekommen war. Ein über-dimensional großer Schreibtisch aus Holz mit glänzender Oberfläche füllte den Raum. Der Tisch war leer. Keinerlei Büroutensilien. Computer gab es noch nicht. Nebenan ratterte die Schreibma-schine. Klackklackklackklack. Immerhin schon elektrisch. Ich konnte auch schon so schnell schreiben wie Frau Murgel. Und blind mit zehn Fingern.

«Da ist niemand», sagte ich zur Sekretärin.

Die lachte: «Ach, der Herr Witzler macht wieder seine Späße. Kommen Sie heraus, Herr Witzler. Der neue Lehrling ist da.»

DER neue Lehrling? Ich bin doch kein DER und kein Junge! Naja, mit der Gleichstellung der Geschlechter nahm man es noch nicht so genau. Gendern kannte man schon gar nicht. Egal.

Ich staunte nicht schlecht, als der Kämmerer unter seinem Schreibtisch hervor gekrochen kam und sich vor Begeisterung auf die Schenkel schlug. Bei seinem Gelächter wippten die Haare seiner Alpakafrisur rauf und runter. Ob das Pinselwerk zwischen Nase und Oberlippe Schnäuzer oder Nasenhaare oder beides waren, konnte ich nicht genau identifizieren. Doch ich wusste jetzt: Eine Kämmerei ist ein amtseigener Barbershop und ich sollte sicher an dem Herrn Kämmerer üben.

«Ich begrüße Sie, Fräulein Bärbel», begann der Kämmerer. „Sie können mir gleich behilflich sein. Schauen Sie mal: Der Knopf hier löst sich vom Jackett. Nähen Sie mir den doch bitte an, bevor er abfällt.»

Er ging an seinen Schrank, zog die Schiebetür auf, bespuckte seinen Zeigefinger, wischte damit entlang der unteren Schiene und hielt mir den nun schmutzigen Finger vor die Nase. Ich wich etwas zurück.

«Schauen Sie mal, Fräulein Bärbel, was für ein Dreck. Die Putzfrau muss mal wieder ermahnt werden.»

Dann wischte er den Finger an seiner Anzughose aus braunem Twill ab und nahm ein Kästchen mit Nähzeug aus dem Schrank, um es mir zu geben. Ich machte mich gehorsam ans Werk und nähte den braunen Knopf am braunen Jackett fest.

«Wissen Sie, was die Aufgaben einer Kämmerei sind, Fräulein Bärbel?», fragte Witzler. Ich traute mich nicht, das mit dem Barbershop zu sagen und verneinte.

«Eine Kämmerei hat sich mit drei Dingen abzuplagen: mit eigenem Geld, mit fremdem Geld und mit der Kommunalaufsicht. Sie bekommen auch gleich eine Aufgabe von mir. Aber vorher holen Sie mir bitte zwei Schuhsohlen – gefüllt mit Erdbeeren, Vanillepudding und Schlagsahne. Für Frau Murgel und sich bringen Sie auch etwas mit.»

«Das mach ich», antwortete ich, obwohl mir auch diese Aufgabe ungewöhnlich erschien.

«Es schüttet nur so sehr und ich habe keinen Schirm dabei.»

«Dann nehmen Sie einfach meinen», sagte Witzler und reichte mir seinen Stockschirm und Geld. Draußen spannte ich den Schirm auf und stand im Regen – im Konfettiregen.

«Dieser Kämmerer ist echt ein Unikat», dachte ich. «Das kann ja noch lustig werden.» Aber er gefiel mir und auch, dass ich scheinbar nicht stupide Papier stempeln musste.

Zurück mit dem Gebäck klopfte ich wie geheißen an die Tür.

«Herein». Ich drückte die Klinke und hatte die Finger voll schmierigem, weißem Zeugs, das nach Zahnpasta roch. Witzler gluckste und prustete los. So einen kindisch glücklichen, erwachsenen Menschen in der Position eines Häuptlings hatte ich noch nie erlebt.

«Fräulein Bärbel, ich sehe, Sie verstehen Spaß. Das gefällt mir. Ich werde Ihnen ein gutes Zeugnis ausstellen. Wo waren Sie denn überhaupt? Ihr Haar ist voller Konfetti», amüsierte Witzler sich. «Aber nun bekommen Sie eine richtige Aufgabe, die Sie bitte im Büro von Frau Murgel erledigen. Ich habe auch zu tun und benötige dafür Ruhe.»

Euphorisch erledigte ich die Aufgabe. Ich mochte den sonderbaren Kämmerer, war aber froh, doch nicht an seinem Körperbewuchs Hand anlegen zu müssen. Ich hatte die Aufgabe schnell fertig und wollte sie dem Herrn Witzler präsentieren. Hoch gestimmt vergaß ich das Anklopfen und stürmte in sein Büro. Weil Witzler das Fenster offen hatte, zog es und ich sah ein Wirbeln, Schwirren und Fliegen kleiner bunter Papierteilchen, Witzler mit fuchtelnden Armen danach greifend, sein Alpakapony flog auf und ab und er spukte dabei auch wie ein Alpaka.

Ein Kämmerer leitet also keinen Barbershop. Er kümmert sich auch nicht um eigenes Geld, fremdes Geld und erst recht nicht um die Kommunalaufsicht. Ein Kämmerer sammelt Briefmarken.

Der neue Kämmerer

Die Lehrjahre gingen vorbei und ich war inzwischen um einiges schlauer. So wusste ich, dass ein Kämmerer eine Art Schatzmeister für die Finanzen des Landratsamtes ist. Dies hatte ich noch bei Herrn Witzler gelernt, obwohl ich oft Briefmarken mit ihm sortierten durfte. Und wenn es an der Tür klopfte, musste ich mich mit unter dem Schreibtisch verstecken. Wir konnten uns beide das Lachen kaum verkneifen.

Nach der Lehre bei Herrn Witzler gab es Ärger. Lehrlinge mussten ein Berichtsheft führen. Dort sollte hinein geschrieben werden, welche Tätigkeiten man verrichtet hat. Und das tat ich ziemlich wahrheitsgetreu. Der büroleitende Beamte zitierte mich zu sich und war gar nicht gut auf mich zu sprechen. Ich glaube, auch Herr Witzler bekam Ärger. Doch das war dem wohl egal, denn er stand kurz vor seiner Pensionierung.

Für mich aber hatte der Spaß bereits ein Ende, bevor er richtig begann. Es war gang und gebe, dass Lehrlinge zum Bäcker, zur Eisdiele, zum Lotto- und Zeitungsladen geschickt wurde. Sie mussten Kaffee kochen und das schmutzige Geschirr spülen. Ich weigerte mich! Wegen dem Berichtsheft. Das sorgte nicht unbedingt für meine Beliebtheit und ich galt als widerborstig.

So durchlebte ich in den drei Lehrjahren Höhen und Tiefen. Bereits im ersten Lehrjahr verknallte ich mich in einen Kollegen. Roland war schon 21, ein langhaariger Beamter und er hatte ein Auto. Wir hatten den gleichen Musikgeschmack und hörten die Stones, T-Rex und Smokie. Als ich 19 war, heirateten wir.

Trotz aller Aufmüpfigkeit schloss ich meine Lehre gut ab und bekam einen Arbeitsvertrag und eine Stelle ausgerechnet in der Kämmerei. Herr Witzler war leider nicht mehr da. Jetzt regierte Herr Pollmann dort. Ich mochte ihn nicht besonders. Er hatte mich und andere in der Berufsschule unterrichtet. Er redete, als drehe jemand an einer Leier und ich musste achtgeben, in dem Unterricht nicht einzuschlafen. Der trockene Stoff förderte das Abdriften in Traumwelten zusätzlich.

Dennoch – ich freute mich auf meine erste Stelle und meldete mich motiviert bei dem neuen Kämmerer zum Dienstantritt. Der lange Herr Pollmann mit einem proportional viel zu kleinen und tennisballrunden Kopf begrüßte mich und zeigte auf einen Stuhl. Ich setzte mich und lächelte. Herr Pollmann lächelte nicht. Dafür fiel er gleich mit dem Messer in mein Gemüt.

«Fräulein Bärbel (noch war ich ledig), ich halte gar nichts davon, dass Sie in mein Amt kommen. In der Berufsschule wirkten Sie kaum interessiert und auch sonst ist mir von Ihnen nichts Gutes zu Ohren gekommen. Leider konnte ich nichts dagegen unternehmen, dass Sie der Kämmerei zugewiesen wurden. Es waren keine anderen Stellen frei. Bis sich etwas anderes bietet, müssen wir wohl miteinander auskommen.»

Boiiiiiiiiiiing – das hat gesessen! Motivation und Vorfreude ade. Aber nicht lange. Verdammt, dachte ich, dem zeigst du, was eine Harke ist.

Die Hochzeit war einige Monate später. Ich war immer noch in der Kämmerei. Nach der standesamtlichen Trauung erschien eine Delegation des Landratsamtes. Mit von der Partie war Herr Pollmann. Letzterer fühlte sich nach der Gratulation berufen, ein paar Worte vor versammelter Mannschaft von sich zu geben:

«Frau Birger (huch!), ich habe Sie sehr unfreundlich begrüßt, als Sie Ihren Dienst bei mir anfingen. Dafür entschuldige ich mich hier und jetzt in aller Form bei Ihnen. Ich habe mich täuschen lassen und das tut mir sehr leid. Sie sind eine hervorragende Kraft und es würde mich freuen, wenn Sie noch lange bei mir bleiben.»

Ich war beeindruckt. Plötzlich besaß ich einen Nachnamen und hatte meinen Beitrag zur Ausrottung der «Fräuleins» geleistet.

Gerüchte

Weg. Sie war weg. Plötzlich. Vielleicht verreist? Sie kam nicht wieder.

«Im Heim», sagte er.

«Am Rollator», wusste wer.

«Ein Möbeltransporter, hat alles rausgeholt», sah einer.

«Kommt nicht mehr wieder», glaubte der.

Weshalb? Er, wer, einer und der wussten nichts. Nichts Weiteres. Sie war doch fit. Mit 70. Mähte Rasen. Wanderte. Fuhr Auto. Manchmal stand es da. Auf dem Hof. Kurz. Vielleicht ihr Sohn? Schwiegertochter?

Ich klingelte. Sie öffnete. Stehend auf zwei Beinen. Ohne Rollator. Strahlend. Bat mich hinein. Nur wenig Möbel im Haus.

«Die kommen zurück», sagte sie.

«Aus dem Heim?», fragte ich.

«Heim???»

«So wird erzählt.»

Kopfschütteln. Sie war an der Ostsee. Die Gegend gefiel. Mietete sich eine Wohnung. Blieb dort. Drei Monate. Dann kam Langeweile. War ein Versuch. Jetzt bleibt sie hier. Sie bereut nichts. Musste die Erfahrung machen. Mutig!

Was sie nur reden: er, wer, einer und der!

Die Einladung

Gaby war selten nach Menschen zumute und erst recht nicht danach, solche einzuladen. Nicht dass sie etwas persönlich gegen Menschen hätte, nein, wenn sie blieben, wo sie hingehörten, waren sie ihr sehr sympathisch und irgendwann fing sie sogar an, Einzelne zu vermissen. Dies kam allerdings seltener vor. Eigentlich fast gar nicht.

Es lag daran, dass alle bei ihr ohne Vorwarnung auftauchten wie anhängliche Schmeißfliegen. Weshalb sie das taten, war ihr nicht ganz geläufig, denn sie reagierte oft ungehalten. Daran störte sich offensichtlich niemand, vielmehr schien es ihren Beliebtheitsgrad noch zu steigern.

Die Besucher erwarteten, dass sie alles stehen und liegen ließ, womit sie auch immer gerade beschäftigt war. Sie versorgte die Schmeißfliegen mit Kaffee, Kakao, Tee, Sekt oder Bier, je nach Geschlecht, Alter und Gelüsten.

«Hast du auch Milch für den Kaffee?»

«Nur Saure.»

«Hast du keinen Kuchen?»

«Eingefroren.»

«Machst du nachher etwas zu essen?»

«Gegrillte Nacktschnecken»

So ging es daher und danach blieb ein Haufen Unordnung, jede Menge schmutzige Tassen, Gläser und Spuren von Fliegenschissen im Klo zurück.

Aber nun musste sie sich etwas einfallen lassen, denn ihr 50. Geburtstag nahte. Ihre erste Idee war, einfach weg zu fahren. Doch das würde ihr nicht helfen. Die Schmeißfliegen würden danach einzeln angeflogen kommen, allerhöchstens paarweise. Dann doch lieber den Schwarm versammelt abfertigen.

Gaby beschloss, sich Mühe zu geben. Man wird nur einmal 50 und sie wollte sich nichts Schlechtes nachsagen lassen. So verschickte sie Einladungen unter dem Motto «Gabys Schlemmergeburtstag».

Die Gäste erschienen und brachten die üblichen unbrauchbaren Geschenke mit. Susanne kam mit fünf Salaten und drei Kuchen eine Stunde zu spät. Onkel Herbert hatte eine Schüssel Frikadellen dabei und Max, der Handwerker, fertig gegrillten Bauchspeck. Sybille schleppte sich mit einem Bottich vegetarische Suppe ab. Tante Frieda hatte gewohnheitsgemäß eine verschnörkelte, handbemalte und grauenhafte Vase mitgebracht.

Alle wunderten sich: die Besucher über Gabys aufgebautes Buffet und Gaby über das mitgebrachte Essen.

«Es stand nicht auf der Einladung, dass ihr Essen mitbringen sollt», beschwerte Gaby sich.

«Ja was, bei dir weiß man doch nie so genau, ob du uns nicht gegrillte Nacktschnecken vorsetzt», rechtfertigte Onkel Herbert sich.

«Oder gefrorenen Kuchen», ergänzte Susanne.

«Ich fürchtete mich auch vor deinem Ausdruck Schlemmergeburtstag», warf Sybille ein. «Du weißt ja, dass ich Vegetarierin bin und da gehen weder Nacktschnecken noch Schlumpriges.»

Gaby war leicht erbost. «Ich hab auch vegetarisches für dich vorbereitet und niemand muss bei mir Nacktschnecken essen.»

Das mitgebrachte Essen stellte Gaby in die Küche, worauf hin Gemaule aufkam.

«Wie stellt ihr euch das denn vor? Ihr seht doch, dass hier kein Platz mehr ist.», meckerte Gaby. «Jeder von euch hat Beine bekommen und kann sich aus der Küche etwas holen.»

«Ich hab die Frikadellen selbst gemacht und es ist unhöflich von dir, sie einfach in der Küche abzustellen.», beschwerte Onkel Herbert sich.

Gaby bekam schon einen roten Kopf. «Wie du siehst, hab ich auch Frikadellen gemacht.»

«Wahrscheinlich aus Nacktschnecken», witzelte Max.

Gaby schnaufte. «Esst jetzt, dann redet ihr keinen Blödsinn mehr.»

Sybille füllte sich den Teller mit Salat auf, um gleich darauf angewidert darin herum zu stochern. «Oliven! Du hast Oliven rein getan! Ich bin allergisch gegen Oliven.»

«Dann popel sie doch raus oder hol dir von deiner Suppe. Susannes Salate stehen auch in der Küche. Vielleicht ist einer dabei, der dir genehm ist.»

Onkel Herbert griff zur Gabel und ließ sie ungläubigen Blickes wie ein Ufo vor seinen Augen schweben. «Da klebt was dran!»

«Vermutlich Nacktschneckenkot», sinnierte Max trocken.

Gaby riss Onkel Herbert die Gabel aus der Hand und gab ihm eine Neue. Er piekte damit eine von den Frikadellen auf und schaute suchend über den Tisch. «Hast du kein Tzaziki gemacht?»

Max war schon damit beschäftigt, sein Nackensteak zu zerkleinern. Er schob sich das erste Stück in den Mund und kaute darauf wie auf einem Würfel aus Granit.

«Was hast du denn für Nacken gekauft? Der ist zäh und viel zu mager. Da gehört Fett ran.»

Max verschluckte sich an dem Stück und spie es im hohen Bogen aus. Es landete als Garnierung auf Tante Friedas Kuchenstück.

«Du solltest das Backen lassen. Der Apfelkuchen schmeckt nach fauligem Wurm», urteilte sie angewidert und kaute mit immer größer werdenden Mund. «Und die Servietten hast du auch vergessen. Ich muss das ausspucken. Sowas ekliges!»

Susanne versuchte verzweifelt, die Käsefäden von ihren Lippen zu beseitigen, die daraufhin wie Tentakeln um sich griffen und ihr von Nase und Kinn herunter hingen. «Was hast du denn für einen Mistkäse für die Lasagne verwendet?», schimpfte sie.

Außer dem Rot um Susannes Mund, das aus verschmiertem Lippenstift und Tomatensoße resultierte, sah Gaby jetzt komplett rot.

«Raus!», schrie sie. «Alle raus!»

Beleidigt erhob sich die Gesellschaft und verließ die Wohnung. Gaby atmete ein paarmal tief ein und aus, drehte sich um und guckte verdutzt. Seelenruhig war eine Person sitzen geblieben, die sich den Teller mit all den Köstlichkeiten füllte.

«Komm, setz dich zu mir und lass uns jetzt in Ruhe dein Essen genießen», sagte Gisa, die das Spektakel beobachtet hatte und diese Geschichte schrieb.

Paula und Chris

Chris

Niemand wusste, dass Chris unter Depressionen litt und die Blutgruppe Jack Daniels positiv hatte. Er verstand, beides unter seinem Loden zu verhüllen. Das musste er auch, denn er war Polizist. Er hasste den Job. Jeden Tag damit konfrontiert zu werden, dass Menschen sich verprügeln, abstechen, vergewaltigt werden oder sich gegenseitig die Gehirne wegpusten, wirkte auf seine Gemütslage wie ein geistiges Schlachtfeld ohne Schützengraben.

Mit seinen 31 Jahren war er noch nie verliebt. Er wusste, dass seine Figur einem einzigen Adonmuskel glich und dass er von den Frauen auf seinen Körper reduziert wurde. Sie kamen ihm vor wie kichernde Hyänen mit ganzjähriger Paarungszeit. Ihm lag nicht an einer Sammlung von Bettfregatten – ihm war es wichtig, die Eine glücklich zu machen.

Er kannte Paula zwei Jahre und nahm wahr, welche Wandlung sie bei ihm bewirkte. Sie hatte eine ganz besondere Ader, in der nicht der Rost einer Schrottpresse floss, sondern frisch geschöpftes Gold. Sie war menschlich, natürlich, ungezwungen und einfühlsam. Ihre Zuneigung war ein Cocktail aus ehrlicher kindlicher Naivität mit einem Spritzer fraulichem Flair, dekoriert mit dem Schirm der Sonnenmittlerin. Sie war der Ursprung seiner Nahrung für Körper und Seele. Wie eine uralte Eiche trotzte sie allem, was ihm und ihrer Freundschaft schaden könnte. Sie gab ihm das Gefühl, der wichtigste Mensch in ihrem Leben zu sein. Die imaginäre Schnur um seine Kehle, die ihm so oft die Luft zum Atmen nahm, lockerte sich. Er begann, wieder an sich selbst zu glauben. Manchmal erwischte er sich, dass er gegenüber Paula sentimental wurde. Versuchte aber im selben Moment, es zu überspielen und führte sich in sein selbst erschaffenes Dogma zurück.

Er liebte Paula, ohne es sich selbst einzugestehen. Sie war mit ihren 17 Jahren noch minderjährig und er war 14 Jahre älter. Er würde sie nie anrühren. Aber sie stand ständig unter seinem Schutz. Sein Gesicht meldete Orkanwarnung, wenn ihr jemand gegen ihren Willen zu nahe kam.

Paula brachte ihn zum Lachen, wenn er nicht lachen mochte – kein Aufgesetztes wie zuvor, sondern mit der Freude eines Kindes, welches in einer Pfütze planscht. Oft waren sie beide wie Vögel und flogen an die verrücktesten Orte.

Paula brachte Licht in das Dunkel seines Gemüts. Er wünschte, dass dieses Licht nie erlöschen würde.

Paula

Wie eine wärmende Woge aus seidigem Wasser war Chris in ihr Leben getreten und umspülte ihre Seele. Sein Charme und seine freche Art mit dem Niedlichkeitsfaktor seiner Lachgrübchen ließen sie liebevoll erschaudern. Es war vom ersten Tag an, als ob sie sich schon ewig kannten. Er war älter als sie, doch das störte sie nicht – nur andere. Paula widersetzte sich allen – ihren Eltern, ihren Freundinnen und später auch ihrem Freund.

Mit Chris konnte sie alle Gedanken teilen und durfte sie selbst sein. Er war immer für sie da, wenn sie ihn rief. Nur manchmal war es, als schwebe eine dunkle Wolke über ihm. Doch wenn sie fragte, setzte er sofort sein freches Grinsen auf.

Ihren 18. Geburtstag begossen beide mit einer Flasche Sekt. Danach reisten sie in eine fremde Galaxis. Andere nennen es Sex.

Einige Monate später griff Paula zum ersten Ultraschallbild ihres gemeinsamen Kindes und schleppte sich zu Chris.

«Schau, mein geliebter Chris, das ist unser Baby», flüsterte sie und legte das Bild auf seinem Grab ab.

Lebensfäden

Wer webt die Fäden?

Leuchtend in allen Farben
für ein schillerndes Leben.

Wer flechtet sie ein – die Noppen und Narben?
Was wird gewonnen, was geht fort?
Wo ist des Glückes Hort?

Will er sich nicht zeigen?

Die Fragen schweigen…

Gewichtsprobleme

«Wir müssen noch einkaufen», erinnerte Lea ihren Mann Peer. «Am besten, wir fahren in den Supermarkt. Vielleicht haben wir Glück und Alex ist da. Der hat immer so tolle Tipps.»

Erfreut sahen sie Alex schon von weitem. Doch dessen Mine war finster. Als er seine Freunde kommen sah, erhellte sich sein Gesicht.

«Hey Alex, das ist aber voll hier», begrüßte Peer ihn. «Du hast wohl keine Zeit, uns zu beraten?»

«Für euch nehme ich mir gerne Zeit. Angenehme Kunden tun mir immer gut. Der Tag fing schon wieder übel an. Stellt euch vor, eben wollte ein Kunde, dass ich ihm die Bananen schäle, weil er die Schale nicht essen kann und sie deshalb nicht mit ausgewogen haben wollte. Ich habe ihm einen Vortrag über den Nährstoffgehalt und die Nützlichkeit von Bananenschalen gehalten.»

«Das hätte ich mir gerne angehört», lachte Lea. «Das passt richtig zu dir.»

Alex grinste. «Ja, solche Leute sind bei mir an der richtigen Adresse. Ich konnte es auch nicht lassen, auf seine Warze mit den drei schwarzen Borsten mitten auf seiner Nase zu starren und ihm den Tipp zu geben, dass die Innenseite von Bananenschalen Abhilfe schaffen kann.»

«Stimmt das wirklich?», wollte Peer wissen.

«Ja klar. Die Innenschale von Biobananen ist ein wunderbares Hautpflegemittel und kann tatsächlich auch gegen Warzen helfen.»

«Was du alles weißt», stellte Lea beeindruckt fest.

«Ja, ich informiere mich über viele Dinge», antwortete Alex. «Nicht nur, um Kunden adäquat beraten zu können, sondern auch um gegen Spaßvögel gewappnet zu sein. Aber was kann ich denn heute für euch tun?»

«Meine Oma wird siebzig und wir wollen zu ihrem Geburtstag ein Buffet für sie herrichten», antwortete Lea. »Du als der Spezialist für Obst und Gemüse kannst uns bestimmt beraten. Wir selbst sind unsicher, was wozu passt.»

«Hallo…Hallo…Halloooooooooooo…», grölte eine Stimme durch die Reihen.

Alex Mine verfinsterte sich wieder. «Achtung, es wird wieder spannend», flüsterte er Lea und Peer zu. «Ein Meckerer ist im Anmarsch. Ich hab ja nichts gegen Beschwerden, wenn sie berechtigt sind. Aber wer mit *Halloooooooooooo, Ey* oder *Sie da* um die Ecke kommt, hat keine berechtigte Be-

schwerde vorzutragen, sondern Gewichtsprobleme wie der mit den Bananenschalen.»

«Dann kümmere du dich erstmal», meinte Lea.
«Wir schauen uns derweil um.»

Alex wandte sich dem „Halloooooooooooo-
Kunden" zu. Die einzig mögliche Abhilfe dessen
Beschwerde war der Gang zum Abfalleimer.

Unterwegs hing er seinen Gedanken nach. Der
Arbeitstag fing mal wieder des Streichens würdig
an. Von Montag bis Donnerstag passieren täglich
4.000 bis 6.000 Kunden die Abteilung. Passieren ist
das verkehrte Wort – sie grabbeln die Ware an,
legen sie wieder zurück und quaken herum wie
Frösche im Teich. Natürlich nicht alle, aber die
meisten.

Freitag und Samstag steigt die Zahl der Kunden
auf 9.000 bis 15.000 täglich. Dann ist das Gedränge
groß wie in einem Froschteich zur Paarungszeit,
jeder will der erste sein und fürchtet, der andere
könnte ihm das begehrenswerte Objekt wegneh-
men. Es ist nicht möglich, die leeren Kästen zu
füllen oder auszutauschen, weil Menschentrauben
den Zugang versperren. Aber dann quaken, dass
die Kiwis alle sind – ja, das können sie.

Vor dem Lebendfutter war er der Fachmann für
Getränke gewesen, er kannte alle Weine und be-
riet die Kunden. Und dann sollte er in die Obst-

und Gemüseabteilung. Er aß das Zeug, ja, aber Ahnung? Nein, Ahnung hatte er nicht im Geringsten.

So fand er sich eines Tages zwischen Paprikas, Kartoffeln, Äpfeln, Beeren, Passionsfrüchten, Papaya und anderem exotischem Zeug wieder, dessen Namen er noch nie gehört hatte. Er erinnerte sich an seinen ersten Eindruck und der war nur, dass ihm der Aufbau nicht gefiel. Dieses Durcheinander hatte so gar nichts mit wohl sortierten Weinregalen gemein. Zeit, sich darum zu kümmern blieb ihm nicht. Die Kunden bombardierten ihn mit Fragen:

«Was mache ich mit einer Litschi?»

«Haben Sie die Kirschen heute Morgen frisch gepflückt?»

«Welchen Salat richte ich zu einer Fischplatte?»

«Die Äpfel glänzen so schön. Haben Sie die alle selbst poliert?»

«Kann ich gekeimte Kartoffeln noch verwenden?»

«Haben Sie kernlose Kirschen?»

Die Fragen bewegten sich in alle Richtungen und überrollten Alex wie ein Zug die Gleise.

Er hatte geforscht, recherchiert, Freund und Feind vergessen und immer Neues gefunden. Zum Beispiel, dass Tomaten nicht neben Gurken lagern sollten und Äpfel nicht neben Kiwis. Er hatte organisiert, dekoriert und umgebaut.

Und plötzlich war er Abteilungsleiter.

Tagebuch eines Verkäufers

Freitag, 14.07.

Liebes Tagebuch,

heute war wieder einer dieser Tage... einer dieser Tage, an denen ich mich frage, wann ich falsch abgebogen bin. Vielleicht war es jener Tag, an welchem ich dieses tolle Jobangebot als Gurkenglaszuschrauber ablehnte. Ich wollte doch lieber etwas mehr mit und für Menschen arbeiten.

Naja, jetzt hab ich den Salat und die Gurken oder eben auch nicht. Jedenfalls nicht so, wie die Kunden Salat und Gurke gerne hätten. Blätter zu lose oder Kopf zu fest (ja, was denn nun bitte?), bitterer Geschmack oder gar keiner, zu wenig Fleisch am Salat!!! ???
Gurken zu krumm, Paprika zu blass, Kohl mit Schnecke (nun wieder zu viel Fleisch).

Bin ich denn Verkäufer oder Landwirt?

Gurken wachsen nun mal auch krumm. Paprika sind nicht immer knallrot, grellgelb oder leuchtend orange. Am Kohl kann auch mal eine Schnecke naschen. Das spricht für wenig oder keine Pestizide. Das findet jeder toll und gleichzeitig störend.

Ihr kauft keine krummen Gurken, wenn ihr für das gleiche Geld eine gerade bekommen könnt. Die krumme Gurke käme nur mit, wenn sie günstiger wäre.
Ihr fragt: „Warum bekomme ich diese Gurke denn nicht günstiger?"

Die Antwort ist simpel, liebes Tagebuch. Die krumme Gurke kostete dem Bauern dieselbe Summe wie eine gerade Gurke. Das Saatgut war genauso teuer, der Wasserbedarf genauso hoch, der Dünger genau der Gleiche, der Lohn für die Erntehelfer identisch. Die krumme Gurke wurde im selben Verpackungsmaterial verschickt und hat uns im Einkauf genau so viel gekostet wie alle geraden Gurken.
Warum sollte ich die krumme Gurke denn bitte billiger machen?

Und warum glauben die Menschen, dass Frischobst unendlich haltbar ist?

Heute brachte mir ein Kunde eine Schale Fellknäule zurück. Was ich in der Schale sah, erinnerte mich irgendwie an Chewbacca aus Star Wars. Zwar nicht so groß, aber genauso flauschig. Nur das Etikett auf der Schale gab darüber Aufschluss, dass sich unter dem Fell wohl Himbeeren befinden sollten. Ich war wirklich sehr erschrocken über diesen Anblick. Schließlich überprüfen wir den ganzen Tag die Qualität unserer Waren. Während ich mein tiefstes Bedauern ausdrückte, kramte der Kunde den Kassenbon hervor.
DER EINKAUF WAR DREI!!!!!!!!! WOCHEN HER!!!!!!

Erinnerst du dich an die alten Dick und Doof Filme, liebes Tagebuch? Immer, wenn Stan Laurel etwas Albernes sagte, wurde er von Oliver Hardy mit großem Fragezeichen im Gesicht angeschaut. So ungefähr muss ich ausgesehen haben – nur eben in Farbe.

Liebes Tagebuch, ich plädiere für ein Schulfach, das über Obst und Gemüse aufklärt. Wann wächst was? Wie lagere ich es am besten? Wie lange kann ich es lagern? Bis wann sollte ich es verbrauchen? Wie lange darf ich es noch zurück bringen und wann gehört es in den Biomüll?
Am besten, man macht das für alle mit entsprechendem Schulungsnachweis und Einlasskontrolle.

Liebes Tagebuch, für heute reicht das wohl. Wir hören morgen wieder voneinander. Schlaf gut.

Frohsinnig und voller Tatendrang kam Alex am nächsten Tag aus dem Büro in den Ladenbereich. Heute hatte er keine krummen Gurken in der Lieferung entdeckt. Dafür erblickte er Lea und Peer. Er freute sich, dass sie geduldig wieder gekommen waren, nachdem er gestern keine Zeit für eine Beratung gefunden hatte.

«Hey, ihr beiden», begrüßte er sie.

Lea antwortete nicht und starrte stattdessen gebannt zur Waage. «Was macht der da?», fragte sie.

Alex folgte ihrem Blick und gab ein grunzendes Geräusch von sich.

«Schon wieder einer mit Gewichtsproblemen», murrte er. «Der wird gleich noch ein ganz anderes Problem haben. Tut mir leid, ihr beiden. Aber da muss ich jetzt hin und das wird etwas dauern. Wollt ihr noch warten?»

«Unbedingt», erwiderte Lea, die neugierig geworden war. Sie beobachtete, wie Alex mit dem Kunden sprach und beide danach durch den Laden gingen.

«Was hast du eigentlich beobachtet an der Waage?», wollte Peer wissen.

«Er hat eine Platte von der Waage abgenommen und dann seine Weintrauben raufgelegt.»

«Oh, oh, ich ahne etwas.»

Nach einer halben Stunde kam Alex zurück – alleine.

Lea trat vor Spannung von einem Bein auf das andere. «Erzähl Alex, was war los?»

Alex grinste belustigt über ihre Neugierde.

«Nun, auf der Waage liegt eine Kunststoffplatte, die vor Verunreinigungen schützen soll. Die Platte wiegt 121 Gramm. Der Kunde wollte nur die Weintrauben ohne dieses zusätzliche Gewicht zahlen. Zu dumm, dass die Waage geeicht ist. Damit steht das Gewicht inklusive der Kunststoffplatte auf null. Indem er die Platte abnahm, erzeugte er ein Minus-Gewicht von 121 Gramm und einen günstigeren Preis für die Weintrauben. Das ist Diebstahl.»

«Boa», rief Lea aus. «Er bekommt also eine Anzeige?»

«Ganz genau. Die Strafe hier beträgt schon mal 100,00 Euro. Und der Marktleiter nimmt jetzt die Personalien für die Polizei auf. Diese wird die Anzeige zur Staatsanwaltschaft weiter leiten. Und das alles wegen 121 Gramm, die in Wirklichkeit null Gramm sind.»

«Das ist ja unglaublich, wie knickerig manche Leute sind», entrüstete Lea sich. «Kommt so etwas öfter vor?»

«Einmal täglich mindestens. Meistens bekommen wir das gar nicht mit. Vielleicht magst du hier Undercover arbeiten und die Kunden an der Waage beobachten?», schlug Alex vor.

«Das lass mal», mischte sich Peer in das Gespräch. «Lea geht den Leuten direkt an den Kragen.»

«Lass uns mal zum Paprikaregal», bat Alex. «Es ist zwar noch recht früh, aber es werden schon Paprikastiele heraus zu fischen sein.»

Lea folgte neugierig und schaute in die Kiste.

«Warum liegen da so viele Stiele drin?», wollte sie wissen.

Alex lachte: «Ich sagte doch, die Leute haben Gewichtsprobleme.»

Er sammelte die Stiele heraus, während er weiter sprach: «Der Stiel an der Paprika stellt mit seinen fünf bis sechs Gramm natürlich ein beträchtliches Gewicht dar, so dass dieses schwerwiegende Anhängsel abgebrochen wird. Der Verkaufspreis könnte sonst ins Unermessliche steigen. 60 bis 80 Stiele fischen wir täglich aus der Paprikakiste.

Aber gut – rechnet man das um, wäre der Mitverkauf von Paprikastielen natürlich eine nicht vertretbare Bereicherung.»

«Das ist nicht dein Ernst?», fragte Lea ungläubig.

«Doch, doch. Ist leider so. Aber nun erzählt. Was für ein Buffet wollt ihr für die Oma richten?»

«Wir denken an…»

«Ey… Sie da!», schallte es dazwischen.

Alex fiel es inzwischen schwer, seinen Unmut zu verbergen. Sein Gesicht fühlte sich wie gefriergetrocknet an, als er auf den «Ey-Kunden» zuging. Nach der Kleidung zu urteilen ein akademischer Sesselfurzer. Da konnte er sich auf was gefasst machen. Diese haben die großartigsten Ideen. Und damit sollte Alex richtig liegen.

«Sie beschädigen Waren heimtückisch und zwingen so die Kunden zu einem nochmaligen Aufsuchen des Marktes. Das ist eine ausgekochte Strategie in der Annahme, dass dabei noch mehr eingekauft wird.»

Mit diesen Worten hält er Alex eine Packung getrocknete Feigen vor die Nase, an deren Unterseite ein winziges Loch zu erkennen ist.

Alex musste trotz seiner Stimmung fast lachen. Der «Ey-Typ» hat ja gute Marketing-Ideen. Auf so etwas muss man erstmal kommen. Die Unterstellung heimtückisch und ausgekocht zu handeln, wollte er aber nicht auf sich sitzen lassen. Er drückte ihm eine neue Packung Feigen in die Hand und forderte ihn auf, den Laden zu verlassen. Alex traute seinen Augen nicht, als der akademische Sesselfurzer doch tatsächlich eine Lupe aus seinem Jackett kramte und die Packung Feigen von allen Seiten untersuchte. Er schüttelte den Kopf und wandte sich wieder Peer und Lea zu.

«So, hoffentlich können wir jetzt endlich weiter machen. Also was für ein Buffet soll es werden?»

Peer schaute zur Uhr. «Ach, es ist wieder keine Zeit mehr. Wir müssen jetzt los.»

«Oh verdammt. Ich hab euch wieder nicht beraten können», bedauerte Alex.

Peer klopfte Alex auf die Schulter. «Weißt du was, Kumpel? Nach so einem Tag bekommt dir sicher ein Feierabendbier gut. Schaut doch heute Abend bei uns vorbei. Dann können wir alles in Ruhe besprechen.»

«Prima Idee», freute Alex sich. «Ich stelle euch einen Plan auf und dann könnt ihr morgen alles in Ruhe einkaufen. Achte nur auf Lea, dass sie nicht ständig die Waage beobachtet.»

Beide lachten und Lea zog eine Flunsch.

Kaum waren die beiden weg, vernahm Alex ein «Kuckuck». Das war ungewöhnlich und klang heiter. Er war gespannt.

Tagebuch eines Verkäufers

Samstag, 15.07.

Liebes Tagebuch,

wenn du wüsstest, was ich heute erlebt habe. Du würdest die Bände über dem Kopf zusammen schlagen. Bände – verstehst du?

Ich hab geglaubt, ich bin im Schwaben Ländle. Ich verstehe ja, dass wegen der Pandemie viele in Kurzarbeit sind und es finanziell mal eng werden kann. Aber die Stiele von der Paprika abzubrechen, ist schon krass. Ich hab mal nachgerechnet: Das braucht man nur 10.000-mal machen und man hat einen Kinobesuch mit einer kleinen Tüte Popcorn für sich alleine zusammen.
Bedenkt man die Zeit, bis man 10.000-mal eine Paprika gekauft hat und dazu die Inflationsrate, schafft man es vielleicht noch bis zu einer kleinen Tüte Popcorn. Mit Glück. Sonst muss man sich mit dem Duft begnügen.
Aber vielleicht bereitet es einigen einfach nur Vergnügen, an einer Paprikakiste Knickpflege zu betreiben.

Weißt du, liebes Tagebuch, ich mache meine Arbeit echt gerne. Ich bin ja nicht nur Verkäufer. Ich bin Seelsorger und Berater, der Nachbar, mit dem man einen Plausch hält, ein Vertreiber und Vertriebler, ein Planer, ein Macher. Und manchmal eben auch nur der Futzi aus der Obst- und Gemüseabteilung, den man anschnauzen kann, damit Wut und Frust nicht mit nach Hause genommen werden. So sorgen Futzis wie ich dafür, die häusliche Gewalt um mindestens 12% zu senken (meine persönliche Einschätzung).

Gern geschehen, liebe Frauen und Männer. Dafür bin ich dann gerne der Prellbock.

Es ist auch nicht alles schrecklich. Denke das nicht, liebes Tagebuch.

Heute war Frau Stellbrinck einkaufen. Frau Stellbrinck ist 86 Jahre alt und verwitwet. Frau Stellbrinck kauft immer Samstag ein und immer um 9.00 Uhr. Sie kauft auch immer dieselben Artikel und immer in der gleichen Reihenfolge:

7 Äpfel Elstar

3 Bananen

1 Blumenkohl

1 Weißkohl

3 Karotten

1 Beutel Kartoffeln, Linda, festkochend

Frau Stellbrinck und ich unterhielten uns kurz über das Wetter und über die anstehenden Wahlen. Frau Stellbrinck meinte, alle Politiker in einen Sack und dann nur noch mit einem Knüppel auf diese einprügeln. Man träfe immer den richtigen Verbrecher.
Wir verabschiedeten uns. Bis nächsten Samstag.

Morgen ist Sonntag. Ich hab also frei. Und wie du weißt, schreibe ich dir sonntags nicht. Du bist eben ein spezielles Tagebuch. Eines für Arbeitnehmer wie mich. Mein Sorgenpüppchen aus Papier. Geschaffen, um meinen Arbeitsalltag zu verarbeiten. Du erträgst das.
Ich dank dir auch. Bis Montag.

Sorgenvolles Gemüse

«Pssst…», hörte die Banane. Sie schaute umher, wo das Geräusch herkam.

«Pssst…», vernahm sie noch einmal.

«Meinst du mich, Gurke?», fragte die Banane.

«Ja, dich meine ich», antwortete die Gurke. «Findest du es nicht komisch, dass uns niemand haben will?»

«Stimmt. Meine Kollegen werden mitgenommen und ich liege hier herum», gab die Banane zu.

«Das muss daran liegen, dass du genauso krumm und grün bist wie ich.»

«Bananen sind immer krumm», klärte die Banane auf.

«Mag sein. Aber normalerweise sind Bananen gelb und du bist grün.»

Die grüne Banane schaute sich um und antwortete: «Stimmt. Du denkst, uns will niemand, weil wir grün sind?»

«Nee, Gurken sind immer grün. Es muss daran liegen, weil wir grün *und* krumm sind.»

«Papperlapapp», mischte sich eine grüne Paprika ein. «Ich bin auch grün, aber rund und mich will trotzdem niemand.»

Die krumme Gurke und grüne Banane schauten zur grünen Paprika.

«Du bist nicht rund. Du siehst aus wie ein Dönerspieß in grün», fand die krumme Gurke.

«Ja, schau dir die anderen Paprika an, was die für pralle Pobacken haben», stimmte die Banane zu.

Die grüne Paprika blickte umher und zog traurig ihren Stiel ein. «Was machen wir denn nur, damit wir auch mitgenommen werden?»

«Wir müssen versuchen, so auszusehen wie unsere Kollegen», meinte die krumme Gurke und versuchte sich zu strecken.

Die grüne Banane war anderer Meinung. «Das sehe ich gar nicht ein. Ich möchte so bleiben, wie ich bin. Jung, glatt, knackig und grün.»

«Und ich weiß gar nicht, wie ich es machen sollte, nicht wie ein Dönerspieß auszusehen», jammerte die grüne Paprika.

Alle drei wussten keinen Rat und schluchzten vor sich hin. Doch niemand hörte es.

Ein älteres Ehepaar kam vorbei. Die alte Dame griff nach der grünen Banane.

«Sieh mal, Hubert. Welch schöne Banane. Endlich mal eine, die keine Altersflecken hat wie ich.»

Und schon lag die grüne Banane im Einkaufswagen.

Hubert griff nach der krummen Gurke.

„Die nehme ich mit. Die ist genauso krumm wie ich und passt zu mir.» Er platzierte die krumme Gurke neben der grünen Banane.

«Siehst du», triumphierte die Banane, «es lag nicht daran, dass wir grün und krumm sind.»

Die grüne Paprika aber lag in ihrer Kiste und weinte bitterlich.

Verhext

Die Sonne weint
Der Himmel kracht
Die Wolke scheint
Der Regen lacht

Die Blume summt
Die Biene sprießt
Der Weiher brummt
Die Erde fließt

Die Kröte flattert
Der Falter quakt
Die Schnecke tattert
Der Alte naht

Am See

Freya packte die Sachen für einen Tag am Badesee, den sie und ihr Mann Robert dort verbringen wollten.

«Pack genug Bier in die Kühltasche», kommandierte Robert.

«Geht es nicht mal ohne?», maulte Freya.

Robert reagierte nicht auf die Frage und reichte ihr stattdessen zwei Flaschen Korn. «Pack die auch mit ein.»

Freyas gute Laune war wie weg geblasen. Sie hatte keine Lust auf ein Besäufnis ihres Mannes.

«Ich muss fahren und du willst zwei Flaschen Korn aussaufen und dann noch das Bier dazu?» schimpfte sie.

Robert nahm seine Frau in den Arm. «Beruhige dich, Süße. Lass dich überraschen. Es wird toll. Vertrau mir.»

Freya war tatsächlich etwas beruhigt und packte weiter.

Sie erreichten den See und Freya fand die ganze Clique dort anwesend. Aber sie bemerkte auch, dass alle bereits feucht-fröhlich angeheitert und in ausgelassener Stimmung waren.

«Das wusstest du!» stellte Freya fest.

«Natürlich. Ist doch eine schöne Überraschung, nicht wahr?»

«Ich weiß nicht, was daran schön sein soll, wenn alle sich sinnlos besaufen.»

«Wart's ab, Süße. Es kommt noch besser.» Robert war eindeutig in allerbester Stimmung und riss sich das erste Bier auf.

Aus der Clique rannte Ben auf Freya zu, wirbelte sie herum und drückte ihr die Zunge in den Mund. Freya stieß ihn von sich.

«Spinnst du?», rief sie aufgebracht.

Sie schaute nach Robert in der Annahme, er würde Ben maßregeln. Doch Robert hielt Mara im Arm und knutschte sie ab, während seine Hände ihren nackten Busen kneteten.

Aufgebracht fuhr Freya dazwischen. «Bist du noch ganz richtig? Was soll der Scheiß?»

Robert packte Freya am Arm. «Nun sei mal keine Spaßbremse und mach mit», befahl er mit funkelnden Augen.

«Mitmachen? Wobei soll ich mitmachen?»

«Na, wonach sieht's denn aus? Lass uns mal anderen Spaß mit unseren Freunden haben.»

Bens Frau Gitta schubste Freya auf Ben zu.

«Genau. Mach mal mit. Es wird dir gefallen mit Ben. Der hat das echt drauf», lachte Gitta.

Freya konnte es nicht fassen, was hier abgehen sollte. Die wollten tatsächlich Partnertausch und Sex unter freiem Himmel? Unter den Blicken anderer Badegäste? Sie sollte zusehen, wie ihr Mann mit anderen Frauen vögelt? Und Robert störte es nicht, wenn sie mit einem anderen Mann…?

«Den Teufel werde ich! Und wenn du nicht sofort aufhörst, rufe ich Thor und du machst Bekanntschaft mit seinem Hammer.» Freya war außer sich vor Wut.

«Du hast doch richtig 'nen Knall mit deinem Göttergeschwafel», schimpfte Robert. «Wenn du an den Quatsch glaubst und die so verehrst, mach erst recht mit. Denn die haben gesoffen bis zum Umfallen und rumgehurt bis zum Exzess. Also tue es ihnen gleich, du frustrierte Zicke.»

«Kann ich helfen?» ertönte eine Stimme.

«Was willst du denn?» Robert war sichtlich aufgebracht. Er war nicht gewillt, sich den Spaß weder von seiner Frau noch von sonst jemand verderben zu lassen.

Spöttisch fuhr er fort: «Nee, wir kommen klar. Oder willst du mit poppen? Sieht aus, als müsstest du nur dein Handtuch fallen lassen. Zeig mal her deinen Jonny! Vielleicht ist der ja was für meine verklemmte Frau.»

Freya rang nach Luft. Nicht wegen Roberts Worte, vielmehr wegen des Anblicks des Fremden. So einen anmutigen Körper hatte sie noch nie gesehen. Groß, schlank und doch muskulös. Das lange schwarze Haar schmiegte sich wallend um sein eher blasses Gesicht. In seinen blaugrünen Augen spiegelte sich Spott. Freya fühlte sich magisch von dem Fremden angezogen. In ihrem Schoß pulsierte es. Ihre Gedanken waren völlig ausgeschaltet, als sie seine Hand nahm, die er ihr reichte. Willig schwebte sie neben ihm her in Richtung des Waldes. Das wütende Grölen ihres Mannes nahm sie nur noch wie durch Watte war.

Der Fremde sprach kein Wort und auch Freya schwieg. Im Wald bettete er Freya auf einem Teppich aus Moos, ließ sein Handtuch fallen und beugte sich zu ihr herab. Er küsste ihr Gesicht, den Mund, Hals und wanderte mit seinen Lippen tiefer. Sanft liebkoste er ihre Brüste, ihren Bauch und seine Hand fand ihren Schoß.

In Freyas Körper fanden Explosionen statt. Sie gierte danach, den Mann in sich zu spüren. Sanft und langsam drang er in sie ein. Der leichte Spott in seinen Augen erregte sie noch mehr. Sie zog seinen Kopf zu sich herunter und küsste ihn hemmungslos. Jede Bewegung des Fremden versetzte Freya in unbändige Erregung, wie sie es noch nie zuvor erlebt hatte. Die Entladung in der Ekstase schien endlos.

Der Fremde küsste sie noch einmal, nahm ihr Gesicht in seine Hände und schaute sie mit seinen tief blaugrünen Augen an. Der Spott in seinem Blick war gewichen. Dann erhob er sich und ging. Ohne ein Wort.

Freya blieb wie benommen liegen. Hatte sie geträumt? Das nachhaltige Brennen in ihrem Schoß sprach dagegen.

Langsam kehrten ihre Gedanken in die Realität zurück. Sie hatte ihren Mann betrogen. Niemals hätte sie sich dies vorstellen können. Doch am See hatte sie begriffen, dass es ihm egal war. Er würde sie inzwischen auch betrogen haben, wahrscheinlich sogar mehrmals mit den Mädels aus der Clique. Ihr wurde bewusst, dass ihre Ehe mit Robert schon lange vorher vorbei war.

Freya erhob sich langsam und kleidete sich an. Sie begab sich zurück zum See. Sie würde ihre Sachen nehmen, sich ins Auto setzen und weg fahren. Wohin wusste sie noch nicht. Aber sie fühlte sich gut, sehr gut. Nicht nur wie eine Frau. Sie fühlte sich wie eine Göttin.

Robert baute sich vor seiner Frau auf, als sie den Platz am See wieder erreicht hatte. Freya sah, dass er wütend war. Sie verstand nur nicht, weshalb. Er wollte, dass sie bei den Orgien mitmacht. Sie hatte nur ihre eigene Orgie gewählt.

Robert kam gar nicht erst dazu, seine Frau nieder zu machen, denn ein Pferd mit Reiter tauchte auf.

Robert schnaubte ebenso wie das Pferd aus den Nüstern: «Was will der denn schon wieder hier? Ich glaube, der sucht Streit.» Er ballte die Fäuste. Im nächsten Moment spreizte er wie elektrisiert die Finger, riss Mund und Augen auf und glotzte ungläubig. Das Pferd hatte acht Beine. Hatte er etwa zu viel getrunken und sah doppelt?

Der Fremde schaute ihn nur spöttisch an und streckte Freya abermals die Hand hin. Wieder griff sie danach und er half ihr auf sein Pferd. Sie umklammerte seinen Körper und schmiegte ihr Gesicht an seinen Rücken, der immer noch nackt war. Sie fühlte sich so geborgen und sicher wie noch nie zuvor in ihrem Leben.

Der Fremde grinste Robert spöttisch an und sprach das erste Mal: «Übrigens, man nennt mich Loki.»

Mit diesen Worten setzte sich das Pferd in Bewegung und Robert gaffte mit offenem Mund hinterher, als sich der Rappen in die Lüfte erhob und gen Himmel galoppierte.

Der Schlapphut

1968. Micro-Mini-Röcke, Hot Pants, Schlaghosen, lange Haare (auch bei Jungs), Hippies, Flower-Power und Ulrike, 13 Jahre jung und verknallt – in ihren Klassenkameraden Volker.

Auch Volker war verknallt, nur leider nicht in Ulrike, sondern in Karin. Karin war das komplette Gegenteil von Ulrike. Blond, sommersprossig, frech und Besitzerin eines Schlapphutes. Aus weißem Filz.

Ulrike fand Karin dufte. Sie würde gerne so aussehen und so sein. Karin sah einfach klasse aus mit ihren blonden Haaren, die unter dem Schlapphut auf ihre Schultern fielen, den blauen Augen und den Sommersprossen um die Nase.

Nicht, dass Ulrike sich hässlich fand. Nur eben anders, mit dunklen Haaren, grünen Augen, ohne Sommersprossen und ohne Schlapphut. Dafür brauchte sie bereits einen BH, Karin nicht.

Ulrike hatte meistens einen Minirock an, den sie im Bund umkrempelte. Karin trug fast immer Hotpants, kurz, knapp und ausgefranst.

Karin und Volker gingen nicht zusammen. Wahrscheinlich war Karin nicht in Volker verknallt. So gab Ulrike die Hoffnung nicht auf. Manchmal schaute Volker sich auch nach ihr um.

Er saß in der Schule eine Reihe schräg vor ihr. Für Ulrike war das ungünstig, zumindest für ihre Teilnahme am Unterricht. Lieber blickte sie zu Volker und überlegte, was sie machen könnte.

Mit Hotpants zur Schule zu gehen, würden ihre Eltern nicht erlauben. Den Minirock krempelte sie auch erst um, wenn sie sich außerhalb häuslicher Sicht befand. Die Lösung wäre ein Schlapphut. So jedenfalls Ulrikes Idee. Aber auch danach brauchte sie ihre Eltern gar nicht erst fragen. Ihre Mutter bezeichnete Schlapphutträgerinnen als Vogelscheuchen.

Im Schaufenster des Hutladens hatte Ulrike gesehen, dass so ein Schlapphut 40,00 DM kostete. Ulrike bekam Taschengeld. 2,00 DM die Woche. Für Klassenarbeiten mit guten Zensuren gab es extra. Und sie tätigte jeden Tag einen Botengang für den Kaufmann in der Straße. Dafür erhielt sie 3,00 DM in der Woche.

Ulrike sparte alles, büffelte für gute Zensuren und hatte nach einigen Wochen das Geld für den Schlapphut zusammen.

Der große Tag war gekommen. Schnell erledigte sie ihre Schularbeiten und den Botengang, um sich danach ihren Lieblingsmini anzuziehen. Ein karierter Glockenrock, der mit jedem Schritt neckisch auf und ab wippte.

«Ich gehe nochmal bummeln", sagte sie zu ihrer Mutter. Wie üblich krempelte sie den Minirock mit flinken Fingern um und lief hochgestimmt in die Stadt.

Im Schaufenster des Hutladens lachte ihr das Objekt ihrer Begierde entgegen. Ein weißer Schlapphut, der kurz darauf Ulrikes Kopf zierte. Glücksgefühle überschwemmten sie wie die Meeresbrandung den Sand. Stolzen Hauptes schritt sie durch die Stadt und bewunderte in jedem Schaufenster ihr Spiegelbild. Dabei schien ihr der Minirock noch nicht kurz genug und sie krempelte ihn noch einmal um. Jetzt war sie zufrieden mit ihrem Schlapphut und dem Micro-Mini. So wippten Ulrike, der Rock und die geschwungen Schlapphutränder durch die Stadt. Volker würde morgen in der Schule Augen machen. Doch soweit sollte es nicht kommen.

Augen machte erstmal ihr Vater, der inzwischen Feierabend hatte und im Vorgarten die lebende Hecke kürzte. Kurz schaute er auf, ließ die Heckenschere noch einmal schnippen, um dann auf das wippende Wesen, welches entlang der heimatlichen Straße auf ihn zu wippte, zu starren. Der Blick ließ Ulrike nichts Gutes ahnen. Zu allem Überfluss hatte sie auch noch versäumt, in ihrer

Schlapphut-Euphorie den Micro-Mini auf Mini zurück zu krempeln.

Nun hatte Ulrike recht verständnisvolle Eltern, was ihr jedoch eine erste Abreibung nicht ersparte. Natürlich durfte sie den Schlapphut nicht behalten. Der Hutladen müsse ihn zurück nehmen, weil Ulrike noch nicht geschäftsfähig sei. Ulrike fand sich äußerst geschäftsfähig, so ehrgeizig wie sie gespart hatte und maulte ordentlich herum. Das führte immerhin zu einem Tauschgeschäft. Wenn Ulrike den Schlapphut zurückgäbe, bekäme sie das Fahrrad, welches sie sich schon lange wünschte. Fahrrad war auch dufte und so war Ulrike einverstanden. Sie hatte wenigstens für einige Minuten das Vergnügen gehabt, einen Schlapphut zu besitzen.

Volker konnte sie sich leider nicht mehr mit Schlapphut präsentieren. Sollte der doch weiter Karins Schlapphut bewundern.

Der Nachbarsjunge Joachim war auch ganz süß und versuchte schon lange, mit Ulrike anzubändeln. Er war nicht so dumm, alles von einem Schlapphut abhängig zu machen.

Einsicht

Julia wankt am frühen Morgen von der Geburts-
tagsfeier nach Hause, eine leere Blechdose vor sich
her kickend, die scheppernd durch die menschen-
und autoleere Straße hallt. Trunken kreisen Gedanken wie nervöse Brummer in ihrem Kopf. Sie
muss ihr großes und altes Elternhaus aufgeben,
das einer Villa gleicht. Schon ihre Urgroßeltern
haben darin gewohnt. Der Freund und Vater ihrer
sechsjährigen Tochter Maja hat sie verlassen –
wegen einem vollbusigen Vamp. Alleine kann sie
das Haus nicht halten. Aber das spielt für Julia
alles keine Rolle mehr. Sie will jetzt auch ihr Leben genießen. Partys feiern und aussehen wie ein
Playmate. Vielleicht zeigte sie sich in ihrer Bezie-
hung zu hausbacken und trutschenhaft.

Es ist bereits 5.00 Uhr morgens, als Julia mit
dem Schlüssel am Schloss ihrer kleinen Wohnung
herum stochert. Das Kindermädchen öffnet ihr
von innen und schreit los, als sie Julia erblickt.
Julia erschreckt sich und schreit ebenfalls. Sie
schaut in den Spiegel und kreischt so dermaßen,
dass das Glas zu zerspringen droht. Ihr Gesicht ist
übersäht mit Warzen und roten, glibberigen
Quaddeln. Ihre Augenlider sind aufgequollen, die
Nase dick und rot wie die eines Clowns. Nur die

Hörner fehlen und die Teufelsfratze wäre vollkommen.

Julia hört ihre Tochter «Mamaaaa?» aus dem Kinderzimmer rufen. Sie rennt ins Schlafzimmer. Maja darf sie so nicht sehen. Sie greift nach einem großen Tuch und umhüllt Kopf und Gesicht wie eine Muslima. Nur die schmalen Schlitze ihrer verquollenen Augen schauen noch hervor. Wie soll sie Maja das nur erklären? Sie ist kurz vorm Durchdrehen. Doch dann hat sie eine Idee, greift nach einem weiteren Tuch und begibt sich ins Kinderzimmer. Maja guckt ihre Mutter mit großen Augen an.

«Das ist eine Burka. Wir spielen heute verkleiden, das wird lustig», erklärt Julia und verhüllt auch den Kopf ihres Kindes. Sie bittet Maja, sich anzukleiden, da sie zu ihrem Elternhaus müssen. In einer Stunde würde die Entrümpelungsfirma kommen und das Haus räumen. Julia mag gar nicht daran denken und zürnt mit ihrem Schicksal.

In der alten Villa angekommen, fängt Maja an zu weinen. Sie ist dort aufgewachsen und möchte in dem Haus mit dem verwunschenem Garten wohnen bleiben, im welchem sie so oft Prinzessin spielte.

«Das geht nicht», reagiert Julia unwirsch.

Sie hat damit selbst ein Problem und fühlt sich unfähig, auch noch das plärrende Kind zu trösten. Ihr alkoholisierter Zustand macht es nicht besser. Ihr Kopf schmerzt, ihr ist schwindelig und manchmal sieht sie doppelt. Hinzu kommt das Brennen in ihrem Gesicht als sei es heiß geteert.

Der Chef der Entrümpelungsfirma, Willi Kleinlich, trifft mit seinem PKW ein. Er möchte sich ein Bild machen und Julia führt ihn durch das Haus. Er wundert sich, es mit einer Mohammedanerin zu tun zu haben, aber das kann ihm egal sein. Er ist überwältigt von den vielen alten Möbeln. Dieser Auftrag kommt ihm kurz vor der Insolvenz mehr als gelegen und er hört das große Geld schon in der Kasse klingeln.

Doch Julia zerreißt der Gedanke, alles aufgeben zu müssen, das Herz. Die Anwesenheit des Herrn Kleinlich, dessen Blicke sie als gierig empfindet, kann sie plötzlich nicht mehr ertragen.

«Gehen Sie. Ich muss mir das Ganze nochmal überlegen», hört sie sich wie aus weiter Ferne selbst sagen.

Herr Kleinlich reagiert ungehalten. Sie habe schließlich den Auftrag erteilt, greift dabei in seine Jackentasche und hält Julia den Auftrag vor die verhüllte Nase. Sein Blick wird drohend, als er immer wieder auf ihre Unterschrift mit seinem aaligen Finger tippt, als wäre es das Schwert jeglicher Gerechtigkeit. Julia verspürt ein unbändiges Verlangen, ihm den Finger abzuhacken.

Inzwischen ist der LKW vorgefahren und zwei Männer steigen aus. Julia erstarrt und einer der Männer bleibt fassungslos stehen.

Maja ruft «Papa» und will sich von der Hand ihrer Mutter losreißen. Aber Julia hält das Kind fest. Sie wusste nicht, dass ihr Ex-Freund Boris den Job gewechselt hat. Ihr bleibt auch nichts erspart. Nicht nur, dass er Maja und sie wegen so einem Flittchen verlassen hat, jetzt will er auch noch selbst Hand anlegen, die geliebten Möbel ihrer Eltern, Großeltern und Urgroßeltern raus zu schaffen.

Er entrümpelt Majas und ihr Leben gleich mit. Der Gedanke macht sie wütend, sie versucht dennoch, sich zu beherrschen. Vielleicht ist es auch eine Chance. Doch Boris Reaktion lässt sie nicht weiter denken.

Langsam geht er auf beide zu und brüllt los: «Bist du jetzt komplett von Sinnen? Was du mit deinem Leben anstellst, ist deine Sache. Aber meine Tochter wirst du nicht zu diesem Glauben erziehen und vermummt herumlaufen lassen.»

Er will Maja das Tuch vom Kopf reißen, aber sie bekommt Angst, reißt sich von Julias Hand los und rennt in das Haus.

«Das geht dich gar nichts an. Du hast dich mehr für dein Flittchen interessiert als für Maja», wirft Julia ihrem Ex-Freund vor. «Da brauchst du jetzt nicht daher kommen, Vatergefühle heucheln und vor den Augen Majas auch noch das Haus entrümpeln."

Boris lacht zynisch. «Du musst dich gar nicht aufblähen wie ein Blesshuhn. Den Mann möchte ich sehen, der deinen nichtssagenden Anblick mit Schlappen, Kittelschürze und Haarnetz erträgt. Es wird mir ein besonderes Vergnügen bereiten, das verwurmte Mobiliar deiner mumifizierten Vorfahren zu beseitigen.»

Wie Messerstiche dringen die Worte in Julias Herz und lassen stille Hoffnungen zerplatzen. Sie erträgt die Situation nicht mehr und flüchtet auch ins Haus. Sie ruft nach Maja. Sie findet sie nirgends. Panisch torkelt sie durch die Räume, manchmal fast blind, dann wieder doppelt sehend. Keine Spur von Maja. Julia läuft um das Haus. Ihre Beine benehmen sich, als würden sie stottern, lassen sie fallen und in die Tiefe rutschen. Ihr Knöchel schmerzt und sie sieht jetzt gar nichts mehr. Ist es dunkel oder ist sie blind geworden?

Wo ist sie? Es fühlt sich an, als würde sie auf einem Haufen Steine liegen, die einen sonderbaren Geruch abgeben. Dann hört sie ein Wimmern. Langsam gewöhnen sich ihre Augen an die Dunkelheit. Sie scheint in einer Art Kasten zu sein, richtet sich auf und sieht Umrisse einer Gestalt, nur zwei Meter entfernt. Es gelingt ihr, sich über die Wand des Kastens zu hieven und sie kriecht auf die Gestalt zu.

Weinend und zitternd sitzt Maja dort, die Beine an ihren kleinen Körper gewinkelt und die Knie mit den Ärmchen umschlungen. Julia merkt, dass die Promille langsam ihr Blut verlassen. Voller Gewissensbisse schlingt sie ihre Arme um das zitternde Kind.

In diesem Moment wird ihr so viel bewusst. Da ist ein kleines Wesen, ihr Fleisch und Blut, dass seine Mutter mehr denn je braucht. Und sie konzentrierte sich nur auf ihr Selbstmitleid und ergötzte sich an ihrem eigenen Vergnügen. Sie braucht sich nicht mehr in Grund und Boden schämen, denn dort ist sie bereits.

Sie rappelt sich langsam hoch und findet einen Lichtschalter. Im Schein der trüben Glühbirne erkennt Julia, dass sie in den alten Kohlenkeller gefallen ist. Sie nimmt Maja an die Hand und beide gehen die Treppe hinauf.

Die Männer der Firma stehen draußen ratlos versammelt herum. Niemand hat es für nötig gehalten, nach den beiden zu sehen.

Julia beseitigt das Tuch von Majas Gesicht, dann das ihre. Erschrocken schaut Boris sie an, bemerkt den Geruch von einer Mischung aus Alkohol und schlechtem Parfum. Julia dreht ihr Gesicht weg. Boris geht mit ausgestreckter Hand auf Maja zu, die sofort Julias Bein umklammert. Julia legt den Arm um die Schulter ihres Kindes und drückt es fest an sich. Die andere Hand streichelt der Kleinen über das blonde Haar, auf dem sich leichter Kohlenstaub nieder gelassen hat. Beide weinen und bilden eine geschlossene Allianz.

Boris wendet sich gebeugt ab.

Julia kniet sich zu ihrer Maja nieder und beruhigt sie, dass das in ihrem Gesicht wieder weg gehen wird und nur aus ihrer Nussallergie resultiert.

«Sollen wir durch das Haus gehen und ein paar Möbelstücke aussuchen, die wir einlagern, bis wir ein anderes Haus mit einem schönen Garten kaufen können?», fragt sie ihre Tochter.

Maja schlingt ihre Arme um ihre Mama und streicht auch ihr den Kohlenstaub aus dem Haar, der aufwirbelt und mit dem Wind fort getragen wird.

Ruf nach dir

Wo bist du?

Du kommst nicht, wenn ich dich lautlos rufe.

Oft lassen meine Gedanken deinen Namen erschallen.

Es ist doch noch fast alles da, was dir gehörte. Einige Plätze sind schon leer – egal –

es zieht mich in den Schatten eines dunklen Tales.

Nachtgedanken tragen mich in einen Dämmerschlaf, der deine Spuren nicht versinken lässt.

Der Sommer schweigt,
gerad waren Bäume bunt,

jetzt sind sie kahl…

Abschied

(Mein Abend mit dir)

Vor euch dreien hatte ich schon viele Katzen. Keine blieb lang. Ich wünschte mir immer, dass eine Katze mal so richtig alt bei mir werden würde. Du hast mit den Wunsch erfüllt, mein kleiner Gismo.

Du wurdest am 06.03.2001 geboren. Vor meinen Füßen hat deine Mutter Bob dich geworfen. Du warst der letzte von sieben Kitten – und der einzige Gestreifte. Ich habe dich abgenabelt, denn Bob schaffte es nicht mehr, die Nabelschnur zu durchbeißen, war sie doch noch mit deinem Vorgänger beschäftigt.

Ich öffnete die Fruchtblase, säuberte dein Näschen und legte dich deiner Mutter vor den Fang. Sie putzte dich und sie putzte dir einen Gremling-Puschel. Deswegen gab ich dir den Namen Gismo. Ich wusste, dass du ein Kater bist, denn ich hatte gelernt, wie man das Geschlecht bei Kitten unterscheidet. Aber dazu komme ich gleich. Mir war sofort klar, dass ich dich behalten wollte.

Deine Mutter kam im Jahr 2000 zu mir. Sie war ein Jahr alt. Es war gar nicht beabsichtigt, sie zu nehmen, sondern eine rote Katze, ½ Jahr alt. Die rote Katze lag mit Bob in einem Korb. Die beiden seien unzertrennlich, hieß es.

Bob stand auf und bewegte sich anmutigen Schrittes. Ihr Körper war grazil und schlank. Ihr schwarzes Fell glänzte, als hätte man es poliert.

Mir stockte der Atem und ich japste nach Luft. So ein wunderschönes Tier hatte ich noch nie gesehen.

«Die können Sie auch haben», sagte die Besitzerin, als sie meine Reaktion bemerkte.

Damit waren für dich die Weichen gestellt.

Ich nahm also beide mit. Der roten Katze gab ich den Namen Bine. Der Tierarzt fragte später, wieso ich einen Kater Bine nenne. So wurde aus Bine Mr. Bean, kurz Beani. So ein Fauxpas sollte mir nicht noch mal passieren. Deswegen lernte ich den Geschlechterunterschied bei Kitten zu erkennen.

Beani wurde später dein bester Kumpel. Ihr habt gespielt, gerauft, euch stundenlang geputzt und zusammen geschlafen.

Deine sechs Geschwister sollten in gute Hände abgegeben werden. Es war noch ein schwarzer Kater mit weißer Brust und weißen Pfoten dabei. Ich nannte ihn Balou. Die anderen fünf waren alle schwarz und hießen erstmal alle Mike, obwohl auch zwei Katzen dabei waren.

Es war wunderschön, euch aufwachsen zu sehen und Bob war eure perfekte Katzenmutter. Dich mit deinen Streifen und dem Puschel konnte ich immer sofort am Gesäuge ausmachen. Manchmal lag auch noch der dicke Beani dran und schmatzte laut.

Bob brachte euch alles bei: dass man aufs Katzenklo gehen muss, wie man Mäuse fängt, wie man auf Bäume klettert und vor allem wie man wieder runter kommt. Ich erinnere mich noch, wie du und noch zwei deiner Geschwister oben im Birnbaum hingt und verzweifelt schriet. Bob wurde es nicht müde, euch zu zeigen, wie es wieder hinab geht.

Die Zeit darf ich als eine der schönsten Episoden in meinem Leben verbuchen. Dafür bin ich unendlich dankbar. Danke Bob, danke Beani, danke Gismo und Balou und Mikies.

Jetzt, wo ich dies niederschreibe, frage ich mich gerade, ob wohl noch einer von deinen Geschwistern lebt. Ich glaube nicht. Du wurdest als letztes geboren und wirst als letzter gegangen sein. Vielleicht war das damals auch eine unbewusste Eingebung von mir.

Nach acht Wochen hatte Bob genug von euch Bande und schlug euch ab. Sie tat mir etwas leid, denn sie musste sich ständig vor euch verkriechen und hielt sich fast nur im Stall auf. Die künftigen Besitzer deiner Geschwister waren schon ausgemacht und holten sie ab. Bis auf Balou. Balou wollten welche aus einer WG, die aber an den Bodensee umziehen wollte. Der kleine Kater und so eine lange Bahnfahrt? Und die WG war mir auch nicht geheuer. Das wollte ich alles nicht und entschloss mich, auch Balou zu behalten. Ich sagte also ab.

Balou war das komplette Gegenteil von dir. Du warst nicht sonderlich auf dein Frauchen fixiert und hieltst dich mehr an Beani, während Balou mir ständig um den Hals wie eine Stola hing. Eines Tages war er nicht mehr da. Ich vermute, die von der WG haben ihn geklaut. Denn seit diesem Tag warst du sehr ängstlich, schreckhaft und hattest mit Fremden nichts mehr am Hut. Ich glaube, sie wollten auch dich klauen. Wie froh ich bin, dass sie es nicht geschafft haben.

Ich hatte nie richtigen Zugang zu dir. Wenn ich ehrlich bin und das muss ich sein, liefst du neben den anderen beiden her. Aber du wolltest es auch nicht anders. Beani war dein Kumpel, dein Herr und Gebieter und manchmal versuchtest du, das Regiment zu übernehmen und das Fell flog. Du hast immer verloren.

Irgendwann trollte sich Bob wieder zu euch. Oft lagt ihr zu dritt wie ein Fellhaufen beieinander. Deine Mutter hast du manchmal ärgern wollen. Ich sah es schon vorher: du hast überhaupt nichts verändert an deiner Körperhaltung, keine Ohren angelegt, nur deine Augen wurden zu Schlitzen, dein Blick verschlagen und dann griffst du an. Einfach so. Bob konnte sich noch lange Zeit gut wehren, später als sie krank wurde, habe ich eingegriffen und mit dir geschimpft.

Irgendwann zogen wir um in mein Elternhaus. Es war am zweiten Weihnachtstag, das Jahr weiß ich gar nicht mehr. Erstmal ohne Möbel, denn es war alles Nötige von meiner Mutter da. Meine Möbel sollten zwischen den Tagen nachkommen. Ich hatte es so entschieden, damit ihr eine Woche Zeit habt, euch umzugewöhnen. Denn bis Neujahr solltet ihr im Haus bleiben.

Hier angekommen, öffnete ich die Transportboxen. Bob und Beani guckten kurz um sich, sprangen heraus und erforschten neugierig das Haus. Du bliebst drin. Ich musste dich heraus nehmen. Du schautest kurz panikerfüllt um dich und verschwandst hinterm Sofa, wo du erst nach drei Tagen wieder hervor kamst. Dein Fressen und Wasser stellte ich dir hin. Ich weiß auch gar nicht, ob du doch mal auf dem Katzenklo warst – dahin gemacht hast du jedenfalls nicht.

Neujahr öffnete ich für euch die Tür nach hinten und ging vor. Bob und Beani kamen sofort neugierig hinterher, gingen auf die Terrasse, guckten kurz und sprangen sogleich über den Zaun in Nachbars Garten. Das fand ich nun auch nicht so toll. Von dir sah ich nur ein Auge aus der Tür heraus luken. Nach einigem Locken trautest du dich dann immerhin bis zur Terrasse.

Du warst nie ein großer Stromer – ich wusste dich immer in der Nähe und das ist immer so geblieben. Auch dafür bin ich dankbar. Wie oft habe ich mich um Bob oder Beani gesorgt, wenn die so lange nicht nach Hause kamen. Du hast mir diese Sorgen nie bereitet – du warst immer da.

Irgendwann hast auch du dich akklimatisiert und ihr habt alle drei im Garten getollt oder einfach nur faul in der Sonne herum gelegen.

Dann wurde Bob krank. Sie hatte ein Geschwür an der Milz und bedurfte meiner ganzen Zuneigung und Pflege. Für dich war das nicht schlimm, denn du hattest ja deinen Kumpel Beani. Bob lebte mit ihrem Geschwür noch einige Jahre recht gut.

Womit niemand rechnete: Beani wurde von einem Tag auf den anderen schwer krank. Es gab keine Rettung und ich musste ihn einschläfern lassen. Er wurde 13. Von diesem Tag an änderte sich vieles. Ich konnte um Beani nicht so trauern wie um dich. Die kranke Bob und du ließen mir keine Zeit. Du hast deinen Kumpel so sehr vermisst. Es war für mich schmerzlicher anzusehen als sein Tod, denn du lebtest. Du hast ihn immer und immer wieder gesucht, du hast drinnen und draußen stundenlang vor Plätzen ausgeharrt, an denen Beani gelegen hat. Es war grausam, denn ich konnte dir nicht helfen – ich konnte ihn dir nicht wieder zurück bringen.

Du fingst an zu sprechen. Du hast zuvor nie gesprochen. Ich habe immer überlegt, ob du überhaupt imstande bist, einen Laut von dir zu geben. Du mautest, wenn ich an den Plätzen zu dir ging, dich streichelte, als wolltest du mich fragen: „Wo ist er?"

Es kam die Zeit, dass du es vergaßt, du hieltst dich an Bob, der das nicht immer so genehm war. Wenn du friedlich bei ihr lagst, war es ok und ihr habt euch gegenseitig geputzt. Doch dann kam wieder dein verschlagener Blick durch – du wolltest raufen wie mit Beani. Doch das ging mit Bob nicht mehr.

Bob blieb uns noch zwei Jahre erhalten. Sie war 16, als sie eingeschläfert werden musste. Nun warst du alleine – nur noch mit mir. Du bist mit den anderen beiden aufgewachsen und mir war klar, was das für dich bedeutete. Inzwischen warst ja auch du nicht mehr der Jüngste. Ich war immer froh, wenn ich bei dir sein konnte, dir Beani und Bob irgendwie ersetzen, das war mein Begehren. Ich richtete mein Leben nach dir. Und du fingst an, das deine nach mir zu richten. Ein Schoßkater warst du nie, aber meine Hände hast du als Ersatz für Katzenzungen liebend angenommen. Du hast immer mehr geredet, immer lauter, energischer und fordertest so deinen Willen ein. Du warst da, wo ich war. Am liebsten im Garten.

Wir wurden erst die letzten Jahre ein Verbund, doch diese Zeit war stärker als alles andere.

Du warst immer ein Schisser. Ich glaube, keine Katze hat den Tierarzt so wenig gesehen wie du. Nie warst du krank, gingst jeder Konfrontation mit anderen Katzen aus dem Weg, warst immer sauber und piekfein (nur ja nicht schmutzig machen), hattest mit deinen 19 Jahren noch alle Zähne, konntest sehen und hören.

Nie hast du Mäuse gefangen. Einmal hatte Mr. Bean eine Maus als Spielzeug mit ins Haus geschleppt. Du gingst auf sie zu, als sie angsterfüllt in einer Ecke saß und ich traute meine Augen nicht. Du hast die Maus geputzt!

Letztes Jahr im Mai hatte ich dich schon aufgegeben, als du fast eine Woche nicht gefressen hast. Auf deine alten Tage fiel dir wohl ein, das Versäumte nachzuholen und Mäuse zu fangen, die du auch verspeistest. Selbstverständlich erst, nachdem du sie mit ins Haus schlepptest und meinen Lob lautstark einfordertest.

Eine Maus muss krank gewesen sein. Die Tierärztin gab dich nicht auf und mit vereinten Kräften haben wir die Kurve gekriegt und ich durfte dich noch 1 ½ Jahre bei mir haben.

Doch nun ist es an der Zeit, dich los zu lassen. Deine Ausleitungsorgane versagten und die Tierärztin hat dich von deinem körperlichen Leiden erlöst. Jetzt muss auch ich deine Seele freigeben. Es fällt mir schwer, denn ich sehe und fühle dich – überall. Doch es muss jetzt sein.

Deswegen habe ich deine Geschichte aufgeschrieben und meine Gedanken an diesem Abend nur dir gewidmet.

Niemals werde ich dich vergessen.

Vielleicht triffst du im Katzenhimmel deinen alten Kumpel Beani wieder, dann weiß ich, dass es dir gut geht.

Tschüss, mein kleiner Gismo, ruhe in Frieden oder prügle dich mit Beani.

Danke, dass du so lange da warst...

Meine Samtpfoten

Wenn du ihre Anmut siehst -
den Glanz ihres schwarzen Fells
gelackt wie ein Piano -
ihr Anlitz lieblich zart,

wenn ihr Blick deine Augen trifft
so dunkelgrün und mysteriös wie ein Bergsee -
dann hast du deine Seele verloren
an diese Diva – an diese göttliche Katze
die alles weiß und doch geheimnisvoll schweigt.

Zwei Kater sind ihrer Würde untergeben,
einer rot, robust – ein dreister Rabauke
ein Prügelbold – verschrammt, zerfetzt.

Der andere grau gestreift und klein geblieben
immerzu piekfein –
mag er doch nicht schmutzig sein
dieses Katerlein.